Kathrin Rüegg

Glücksgefühl!

Kathrin Rüegg

Glücksgefühl!

Aus meinem Tessiner Tagebuch

est edition sternenvogel

Lektorat: Claudia Wartmann und Monique Henrich
Titelfoto: Susi
Umschlaggestaltung: Claudia Winterberg

Korrektorat: Martina Erzinger Wallner
Satz: Andreas Hasler
Druck: WS Bookwell, printed in Finland

1. Auflage Februar 2005
2. Auflage November 2005
Edition Sternenvogel
Postfach 209, 8706 Feldmeilen / Schweiz

ISBN 3-907876-02-4

Einleitung: Geteilte Freude!

Eigentlich gäbe es dieses Jahr einen Grund, ein Jubiläum zu feiern: Dreissig Jahre sind es jetzt her, seit mein erstes Buch – «Kleine Welt im Tessin» – erschienen ist. Es war – zusammen mit den folgenden acht «Tessiner Tagebüchern» – eine Art Robinsonade. In beinahe jährlichen Abständen berichtete ich über meine etwas ungewöhnliche Art zu leben, über die Menschen, mit denen ich zusammentraf, über das, was alles schief lief, über viele unerwartete Wendungen meines Schicksals. Eines habe ich während dieser Zeit gelernt: Ich darf nicht dasitzen und warten, bis das Glück kommt. Ich muss ihm entgegengehen!

Später musste ich mich damit begnügen, Kochbücher zu verfassen, zum Teil durfte ich wenigstens auch Begleittexte dazu schreiben, habe auch in drei Tessin-Bildbänden und zwei Gartenbüchern viele neue Berichte einfliessen lassen. Aber zusammenhängend zu erzählen, war mir verwehrt. Umso mehr freue ich mich, dass mich die Edition Sternenvogel gebeten hat zu beschreiben, wie ein Mensch mit einer so bunten Biografie sich fühlt, wenn er älter – alt – wird. Ich könnte auch sagen, es sei die Beschreibung meines jetzigen Zustandes, verbunden mit den Überlegungen, die man eben macht, wenn man älter wird und zurückschaut auf das, was alles geschehen ist – und auch auf das, was man falsch gemacht hat.

Natürlich kann dies keine Gebrauchsanweisung sein, wie man am besten älter wird. Das zu tun, wurde ich zwar schon öfter gebeten, weil meine aufmerksamen Leserinnen und Leser und noch viel mehr meine Fernsehfreunde feststellen, dass ich – obwohl meine Haare längst weiss geworden sind – immer noch regelmässig im Fernsehprogramm des SWR zu sehen bin.

Wie «man» am besten älter wird, gibt es nicht. Jeder hat seine eigene Vorgeschichte. Sowohl was den Lebensstil als auch den Charakter, die Umgebung und – ganz wichtig – die Gesundheit anbelangt. Hier kann ich nur schildern, wie ich fühle und denke. Oft auch als Folge gewisser Geschehnisse. Aber ich weiss aus meiner eigenen Erfahrung: Manchmal ist es für mich tröstlich festzustellen, dass es andern gleichaltrigen Menschen in gewissen Situationen gleich wie mir geht. Sozusagen «geteiltes Leid ist halbes Leid». Aber da wendet meine innere Stimme (von der vermutlich noch oft die Rede sein wird) dann sofort ein, dass die «geteilte Freude» dafür auch doppelt so gross wird. Ich kann aber schildern, wie viele meiner Freunde, die logischerweise etwa im gleichen Alter sind wie ich, ihr Älterwerden erleben, ihren Alltag ohne Arbeitszwang organisieren, welche Vorbereitungen sie auf diese Zeit hin getroffen haben.

Dieses Buch dreht sich also nicht nur um unser tägliches Leben inklusive der Erlebnisse mit meinen Freunden, sondern – und wahrscheinlich noch viel mehr – um meine Gedanken, man kann sie auch als Ansichten, manchmal auch als Urteile bezeichnen. Vielleicht scheinen sie hie und da etwas verschroben zu sein – aber etwas verschroben sein zu dürfen, sei allen Menschen gestattet, die ihr siebzigstes Altersjahr hinter sich haben, viel jüngere Menschen nehmen sich dieses Recht ja auch oft heraus!

Was wohl bei allen älter werdenden Menschen gleich ist: Ganz banale Feststellungen (zum Beispiel über die schwindenden körperlichen Kräfte) erfordern ein anderes Verhalten, als man es vorher gewohnt war. Damit kann man viele kleine Gebresten überbrücken oder gar Unfälle vermeiden.

Ich weiss, dass ich beneidet werde. Die Neider können nach der Lektüre dieses Buches einwenden, ich würde hier zu sehr meine eigenen Erfahrungen, eigenen Gedanken, Ansichten ausbreiten. Aber das lässt sich nicht vermeiden. Wenn ich von den Erfahrungen der Freunde in meinem Alter höre, setze ich sie logischerweise in Beziehung zu meinen eigenen. Wenn Sie, lieber Leser, liebe Leserin, nun dasselbe tun, das heisst, mich als eine Freundin betrachten, die eben schildert, was sie sieht, erlebt und denkt, und dies dann mit Ihrer eigenen Ansicht konfrontieren, dann kann das fruchtbar sein. Fruchtbar im Bestreben, Alter nicht nur als Bürde und Last, sondern auch als spannenden Lebensabschnitt zu betrachten. Und nochmals zu den Neidern: Eine liebe Freundin von mir (sie ist noch ein paar Jährchen älter als ich) hat mir eine Weisheit ihrer Mutter verraten: «Wer Neider hat, hat Brot. Wer keine Neider hat, hat Not.» Darauf kann wohl niemand etwas entgegnen.

Ich bin früher gerne geritten, habe immer besonderen Spass daran gehabt zu bemerken, wie ungeduldig ein Pferd wird (ich könnte auch sagen, wie es sich freut), wenn es sich einer Strecke nähert, auf der es losgaloppieren darf. So ähnlich geht es jetzt mir. Nur: Galoppieren tut man in meinem Alter natürlich nicht mehr. Ich gehe in gemächlichem Schritt und freue mich, dass mir das vergönnt ist. Die symbolhafte Beschreibung meines jetzigen Zustandes in die Wirklichkeit übersetzt: Ein neues Paket mit vielen leeren Papierseiten wartet darauf, mit dem Text, den ich auf meinem Laptop schreibe, bedruckt zu werden. So wie ich nun auf die Neugier meiner Leserinnen und Leser zähle, so neugierig bin ich selbst, was dabei herauskommt!

Und hier muss ich dringend noch eine Hoffnung einfügen: Ob es wohl auch jüngere oder gar junge Leser für dieses Buch geben wird? Ich stelle mir vor, dass es ihnen in vielen Fällen helfen könnte, das Denken und Handeln alter Menschen zu verstehen.

Handlung: Personen und Orte

Ich lese gerne Textbücher zu Schauspielen. Das haben wir schon in der Schule gelernt. Erst Schiller. Natürlich den «Wilhelm Tell», später Molière, dann Shakespeare. Da gibt es jeweils zu Beginn die Beschreibung der handelnden Personen, dann diejenige der Orte der Handlung. Ich denke, das ist heute bei Drehbüchern auch nicht anders. Eigentlich ist es ja so, dass genau die Umwelt, in der jemand lebt – im räumlichen Sinn wie in Verbindung mit anderen Personen –, eben die entsprechenden Gedanken, dann eventuell die entsprechenden Handlungen bedingt. Nein, bedingen kann. Denn dazu kommt noch, dass jedes Individuum auf seine Umgebung anders reagiert. Da spielen dann wieder Charakter, Temperament und Vorgeschichte eine wesentliche Rolle. Aber was ich feststelle: Je älter ich werde, desto mehr können sich meine Überlegungen denjenigen anderer Menschen angleichen, die so alt sind wie ich oder älter. (Bitte: Ich habe geschrieben «können»! Müssen tun sie es nicht.)

Und noch eine Vorbemerkung ist wichtig: Es gibt bei uns, wie überall, schwierige Probleme. Schwere Stunden und Sorgen. Diese klammere ich hier ganz bewusst aus. Falls wir es schaffen, sie zu lösen, wäre auch das ein Thema für ein Buch.

Wenn ich in ein fremdes Haus eingeladen werde, dann brauche ich eine Beschreibung, wo es sich befindet. Wenn ich es betrete, dann interessiere ich mich in erster Linie für die Personen, die darin wohnen, in zweiter Linie für die Einrichtung. Mit diesen Gepflogenheiten bin ich ganz sicher nicht allein. Ich nehme jetzt also an, dass meine Leserinnen und Leser mich besuchen wollen, und gebe die dazu notwendigen Beschreibungen schön der Reihe nach.

Susi: Von ihr wissen diejenigen Leserinnen und Leser, die meine Tessin-Bücher kennen, schon ganz viel und freuen sich auch entsprechend, wenn sie sie in unserm Laden an der Hauptstrasse antreffen. Susi kam im Winter 1978 zu mir, wollte eigentlich nur drei Monate bleiben, aus denen dann zehneinhalb Jahre wurden, nach einer längeren Abwesenheit ist sie seit 1997 wieder da.

Beate: Sie war etliche Jahre lang treue Kursfrau, die dann schliesslich den Schritt wagte, zusammen mit ihrer Tochter Hanneli zu uns zu kommen. Unser gemeinsamer Plan besteht darin, dass Susi und Beate mein Werk weiterführen, das heisst, als Lebensunterhalt während der Saison unsern Laden betreiben sowie Kurse aller Art anbieten – jetzt noch mit meiner Unterstützung, später allein.

Hanneli: Für mich eine besondere Freude. Sie ist jetzt elf Jahre alt und das erste Kind, das ganzjährig unter meinem Dach wohnt. Diese ganz junge Generation bringt vollkommen neue und andere (und manchmal verwirrende) Aspekte in meinen Haushalt. So erfahre ich zum Beispiel endlich, wie das Schulsystem in unserm Tal funktioniert. Um es ganz kurz zu sagen: Mit diesem fantastischen System war es möglich, dass Hanneli, die also seit nunmehr acht Monaten hier zur Schule geht (wo man natürlich in der italienischen Sprache unterrichtet), schon tadellos und ohne jeden Akzent Italienisch zu sprechen und beinahe fehlerfrei zu schreiben gelernt hat.

Ich lerne auch eine Art der Kindererziehung kennen, die mir bis anhin fremd war. Ich selbst wurde schon im Vorschulalter in den Alltag der Erwachsenen mit einbezogen, das heisst mit Arbeiten betraut, die meinem Alter angemessen waren. Ich bin in Arosa aufgewachsen. Meine Eltern liessen mich teilhaben an ihrer eigenen täglichen Arbeit, soweit das irgendwie möglich war. Mein Vater zog mich bei zu seinen vielfältigen Aufgaben in der Landwirtschaft (wir hatten Kühe, Schweine, ein Pferd, viele Hühner, zwei Bienenhäuser voller Bienenstöcke, natürlich Hunde und Katzen). Meine Mutter tat dasselbe im Haus (wir hatten auch eine Pension). Auf diese kluge Weise lernte ich, dass Arbeiten viel Spass macht, aber auch Mühe, die man eben auf sich nehmen muss.

Heute – so lerne ich nun – leben Kinder ihr eigenes Leben, das sich oft abspielt bei Schulkameraden, auf dem Spielplatz, im Elternhaus, aber auch dort oft zusammen mit Kameradinnen oder Freundinnen. Das ergibt ein Nebeneinander der Generationen. Ich versuche, Hanneli auch zum Miteinander, zur Mithilfe im Haushalt zu bewegen, ihr kleine tägliche Aufgaben zuzuweisen, mit ihr einen Kuchen zu backen oder zu kochen. Manchmal gelingt es mir, manchmal nicht.

Da kommt nun schon die Feststellung, die sicher viele meiner gleichaltrigen Leserinnen und Leser auch machen: Je älter ich werde, desto mehr vergleiche ich mein heutiges Leben, meinen Lebensstil mit demjenigen von früher, ganz besonders mit demjenigen meiner Jugend. Aber davon später mehr.

Dieter: Ist Beates Papa, auch schon über sechzig Jahre alt, unersetzliche Hilfe überall da, wo es einen Gärtner oder einen Handwerker, im Winter einen Schneeschaufler braucht. Für mich auch so ein Vergnügen: nicht allein zur alten Generation zu zählen. Und noch eines: ein Mann im Haus! Auch das ein Novum bei mir.

Unser Nachbar Odivio: Odivios Eltern besassen einst das Häuschen, das ich schliesslich in Froda kaufte und in dem ich immer noch wohne, wenngleich es jetzt um etliches grösser geworden ist. Odivio wohnt in seinem Elternhaus auf der gegenüberliegenden Seite des Flusses. Abends grüssen die Lichter aus seiner Stube diejenigen aus unserer Stube und umgekehrt. Seine Schafe hat er in einem Stall neben unserm

Eselstall (der ursprünglich auch ihm gehört hat). Ich wünsche allen meinen Freunden solche Nachbarn. Wir wissen gegenseitig, dass wir um Hilfe bitten dürfen und dass diese Hilfe auch sofort gewährt wird. Das war schon bei Odivios Eltern so und geht hoffentlich immer so weiter.

Unser Nachbar Olimpio: Er wohnt ebenfalls auf der gegenüberliegenden Seite des Flusses, hat aber seine Ziegen im Winter in einem Stall, der hoch über unserm Haus liegt. Was absolut bewundernswert ist: Er wird bald einmal achtzig Jahre alt, hat seit einigen Jahren ein künstliches Hüftgelenk, geht aber trotzdem im Winter mindestens zweimal täglich hoch zu seinen Ziegen, jeweils beladen mit einem Tragekorb, in dem so zwischen sechzig und siebzig Kilogramm Heu liegen. Und im Sommer geht er zweimal täglich hoch zur Alp (für unsereins ein Weg von jeweils drei viertel Stunden) und trägt dann die vollen Milchkannen von dort nach Hause. Ferien kennt (und kannte) er nicht, möchte er – so glaube ich – auch nicht. Er ist der Chef seiner Ziegen. Und *sein* Chef ist die Natur. So sagt er es wenigstens.

In meinem Haus gibt es noch eine zweite Kategorie von «handelnden Personen»: meine Tiere. Ich gehe dem Alter nach.

Herr Johannes Paul Meier: Noch schwärzer kann eine Katze nicht sein! Erwähnenswert: Herr Meier ist bereits zwanzig Jahre alt.

Wuschi: Einen noch liebenswerteren Hund gibt es nicht. Wenn man mich fragt, was das denn für eine hübsche Rasse sei, antworte ich «ein Tessiner Sennenhund». Weshalb das so ist? Ätsch, das verrate ich nicht. Wuschi wird sechzehn Jahre alt, und ich bete, dass er mir noch lange, lange erhalten bleibt, denn ersetzen kann mir dieses Tier auch der liebe Gott nicht.

Cora, die Eselstute: Sie kam zu mir, als Nelli, die Gefährtin unseres Esels Pierino, einem Herzschlag erlegen war.

Mathilde: Sage mir niemals mehr jemand etwas von einer dummen Gans. Mathilde ist die aufmerksamste Wächterin, die ich mir wünschen kann. Sie ist fünfzehn Jahre alt, und ich kann, seit ich eigene Gänse habe, kein Gänsefleisch mehr essen.

Erpel Ernst: Ist, seitdem Mathildes Gänserich einem (wahrscheinlich altersbedingten) Herzschlag erlegen ist, Mathildes treuer Gefährte. Er hat zwar vor einigen Monaten noch eine Entendame zugesellt bekommen. Mal sehen, wie sich diese Geflügelwirtschaft entwickelt.

Vreneli und Maxli: Sie waren im Jahr 2002 von Susi aufgezogen worden. Zwei Flaschenlämmchen, die so schwach waren, dass unser Nachbar Odivio sie töten wollte. Seit letztem Sommer sind Vreneli und Maxli bei Odivios Herde.

Amadeo: Coras neuer Gefährte, nachdem wir Pierino im Frühjahr 2003 einschläfern lassen mussten. Er hatte so starke Altersbeschwerden, dass er nicht mehr aufstehen konnte.

Liseli: Ein Flaschenlämmchen vom Jahr 2003, ebenfalls Susis Schützling. Leider blieb es während seiner ersten Monate allein, später kam es zu Cora und Amadeo in den Eselstall. Und jetzt meint es, es sei auch ein Esel (oder vielleicht ein Mensch?). Auf alle Fälle will es von andern Schafen nichts wissen, bleibt auf der Weide immer bei den beiden Eseln und springt uns entgegen, wenn es nur unsere Stimmen hört.

Vier Hühner und der Hahn: Sie bekommen keine Namen. Immer und immer wieder passiert es, dass ein Fuchs, ein Marder oder ein Bussard sie erwischt. Seltsam: Um namenlose Tiere trauern wir weniger.

Sir Henry, auch Don Giovanni genannt: Er gebärdet sich wie der oberste Chef im Haus, im Garten, nein, eigentlich auf dieser ganzen Seite des Flusses, ist ein rot-weisser, langhaariger Kater. Odivio hat ihn mir geschenkt, als er noch ein süsses, blauäugiges, wollenes Knäuelchen war. Er war schon damals so selbstbewusst, dass alle damaligen Katzen (es waren immerhin sechs) ihn anstandslos akzeptierten. Das ist, wenn man die Verhaltensweisen von Katzen kennt, keine Selbstverständlichkeit.

Sherry: Ja, das soll ein Hund sein. Für meinen Begriff schaut er mehr aus wie eine Hyäne. Und heulen tut er auch beinahe so. Mitgebracht haben ihn Beate und Hanneli. Er muss noch erzogen werden. Das ist gar nicht einfach, wenn er in einem Haushalt lebt, in dem viele Menschen sind, die sich nicht einigen können, mit welchen Befehlen sie Sherry nun zum Gehorchen bringen wollen.

Ich wohne also seit dreissig Jahren in einem Tessiner Bergtal, das ich «Acquaverde-Tal» getauft habe. Wer Italienisch spricht und mit der örtlichen Geografie einigermassen vertraut ist oder den grünen Fluss, der durch das Tal fliesst, auch nur einmal gesehen hat, weiss sofort, dass ich damit das Verzascatal meine. «Acqua verde» heisst «grünes Wasser». Ich behaupte, dass nirgends sonst auf der Welt klares Wasser fliesst, das eine schönere flaschengrüne Farbe hat. Das allein ist doch schon ein Grund, hier Urlaub zu machen!

Ich lernte das Tal auch anlässlich einer Wanderung kennen. Als ich mich dem dritthintersten Dorf näherte, überkam mich immer mehr das Gefühl, hier schon einmal gewesen zu sein. Meine innere Stimme sagte damals spöttisch: «Ja, als Katze vielleicht ...»

Die Irrwege, die ich ging, um schliesslich ganz in diesem Dorf sesshaft zu werden, sind in «Kleine Welt im Tessin» und

«Dies ist mein Tal – dies ist mein Dorf» nachzulesen. Es war reiner Zufall, dass diese Bücher genau zu dem Zeitpunkt erschienen sind, als die (seither ja längst verebbte) Zurück-aufs-Land-Welle ihre höchsten Wogen schlug. Es war – im Zusammenhang mit meinen Büchern – ein anderer Zufall, dass eine Fürsorgerin auf mich aufmerksam wurde und mich bat, sozial geschädigte Jugendliche für längere Zeit bei mir aufzunehmen. Ich wohnte damals in einem winzig kleinen Haus, nur zu Fuss erreichbar, schlecht heizbar, mit einer Küche, die im Parterre lag und nur vom Hof aus betretbar war, also keine direkte Verbindung zu den anderen winzigen Räumen hatte. Im Wohnzimmer war zwar ein Kamin, den man aber nur anfeuern durfte, wenn man die Fenster oder – noch besser – die Haustür offen liess, weil man sonst im Rauch zu ersticken drohte. Später kam ein Ölofen dazu. Ein Komfort, den ich damit bezahlte, dass ich das Heizöl im Rucksack vom Parkplatz hochtragen musste (bitte schön: fünfhundert Liter pro Winter). Einkaufsmöglichkeiten für den absolut notwendigsten täglichen Bedarf bestanden damals noch. Die kleinen Läden, die das Leben doch einigermassen erleichterten, verschwanden aber innert der ersten Jahre meines Aufenthalts. Die betagten Inhaber waren gestorben. Da war dann eben Selbstversorgung angesagt. Hühner, Kaninchen, Milchschafe, Esel für die Transporte – eins nach dem andern –, Lernen, wie man Schafwolle von Hand spinnt, wie man die gesponnene Wolle mit Pflanzen färbt, wie man Brot selbst bäckt. Das Gelernte gab ich sofort weiter an meine Hausgenossinnen. Zum Teil lernten sie es auch zusammen mit mir bei den Frauen des Dorfes.

Und damit fällt ein wichtiges Stichwort: das Zusammenleben in einem Dorf, das nicht einmal mehr fünfzig ständige Einwohner hat (obwohl Wohnmöglichkeiten für dreihundert Personen vorhanden wären). In einem sterbenden Dorf also – könnte man meinen. Da ist jeder auf den andern angewiesen, auch wenn dieser «andere» nicht gleich um die Hausecke wohnt. Ich entdeckte zum Beispiel, dass meine Nachbarn (deren Häuser alle auf der gegenüberliegenden Seite des Flusses gelegen sind) – besonders als ich noch allein lebte – auf mich aufpassten. Das, was ich anfänglich (als stadtgewohnter Mensch) als Neugierde auslegte, war Fürsorge und damit zusammenhängend Hilfsbereitschaft. Eine Hilfsbereitschaft, die ich natürlich auch zu erwidern versuchte – und damit in einige Abenteuer hineinschlitterte, die ich um keinen Preis missen möchte, auch wenn die Probleme, die damals auf mich zugekommen sind, alles andere als einfach waren, zum Teil aber auch umwerfende Komik einschlossen.

Wenn man als Mensch (und erst noch als nicht mehr junge Frau) aus der Stadt aufs Land kommt, wird man im Allgemeinen von der einheimischen Bevölkerung sehr skeptisch beobachtet. Erst recht, wenn man aus einem anderen Sprachraum stammt. Ich hatte den Vorteil, dass die Bewohner unseres Dorfes mich schon von verschiedenen Ferienaufenthalten her kannten und wussten, dass ich eigentlich ganz brauchbar bin. Was ich ihnen kaum erzählt habe: dass ich als Bauernkind den Umgang mit Tieren gelernt habe und auch, wie man unter ganz, ganz primitiven Lebensumständen existieren kann. Dass dies den Ausschlag gegeben hat, mein ziemlich luxuriöses Stadtleben aufzugeben, ist mir eigentlich erst klar geworden, als ich über meine frühsten Jugendjahre ein Buch geschrieben habe («Als die Grossmutter noch jung war»).

Allerdings – irgendwann kam dann die Warnung eines Arztes: «Wenn Sie weiterhin in einem kaum heizbaren Haus leben wollen, werden Sie in spätestens zehn Jahren im Rollstuhl sitzen.» Das war das eine. Und das Zweite: Eine deutsche Fernsehstation, der damalige Südwestfunk – besser: der Hauptabteilungsleiter für das Familien- und Ausbildungsprogramm, W. O. Feist – war durch meine Bücher auf mich aufmerksam geworden und wollte für das Schulfernsehen einen

Film drehen über unsere Art zu leben. Dazu wollte er gewisse Sequenzen aus meinen (damals fünf) Büchern verfilmen. Während dieser Filmarbeiten kam ihm die Idee zu einer kleinen Serie – «Was die Grossmutter noch wusste». Diese läuft im SWR seit mehr als zwanzig Jahren. Damals aber gab mir die Gewissheit, neben den Einnahmen aus meinen Büchern ein weiteres finanzielles Standbein zu haben, den Mut, mein Haus vergrössern und besser heizbar machen zu lassen. Natürlich – wie könnte das bei mir auch anders sein – gab das Abenteuer jenes Hausbaus auch wieder ein Buch ...

Ach ja, und dann ist ja auch noch unser Laden. Er heisst «El Boteghin» (= Tessiner Dialekt, auf Schweizerdeutsch «Das Lädeli»), und damit entspricht er genau dem, was er ist: ein kleiner Laden mit Produkten, hauptsächlich solchen, die in unserem Dorf produziert werden – Käse, Eier, Wurstwaren, Honig, viele Arten von Konfitüren, Sirup, Liköre, Essig, wenn immer möglich aus Früchten, die hier wachsen, handgesponnene, pflanzengefärbte Wolle unserer Schafe, Strickwaren, schliesslich auch meine Bücher, die ja auch ein einheimisches Produkt sind. Da die Nachfrage nach Keramik, aber auch nach Urlaubskleidung («Ich habe meinen Regenhut daheim vergessen, kann ich hier einen kaufen?») besteht, kann man sich auch damit bei mir behelfen. Wenn ich jetzt rechne: Unser Lädeli feiert dieses Jahr sein fünfundzwanzigjähriges Jubiläum. Schon wieder ein Jubiläum! (Vermerk in meiner Agenda: Das muss gefeiert werden!)

Nun bin ich sicher, dass jedermann begreift, weshalb ich mich in einer solchen Umgebung, mit solchen Menschen, mit solchen Tieren, in einem solchen Haus rundum wohl fühle! Es mag sein, dass diese Umgebung zum grössten Teil die Ursache ist, dass ich mit meinen fünfundsiebzig Jahren immer noch voller Ideen stecke (manchmal darf man sie auch als Flausen bezeichnen, die eigentlich meinem Alter nicht angepasst sind). Dazu kommt eine beinahe unbezähmbare Unternehmungslust, die leider oft dazu führt, dass ich für jedes Anliegen offen bin und deshalb meinen Terminkalender so voll stopfe, dass es mir selbst darob graust. Das habe ich nun davon, dass mich immer noch die unbezähmbare Neugier treibt.

Aber jetzt bin ich abgeschweift. Ich war bei der Beschreibung der Orte der Handlung. Es gibt nämlich noch einen zweiten, diagonal entgegengesetzten zu demjenigen, den ich vorhin beschrieben habe: das ist Baden-Baden, da, wo unsere Fernsehaufnahmen gemacht werden.

Für mich ist Baden-Baden «Zivilisation pur»: gediegene Häuserreihen, in der Innenstadt meist im Empire- oder Jugendstil, nur selten durch modernere Architektur verunziert, ein riesengrosser Park mit uralten Bäumen (und bitte: jeder Baum und Strauch mit einem Täfelchen versehen, auf dem der deutsche und der lateinische Name stehen und welches sein Herkunftsland ist). Logisch, dass sich unter diesen Bäumen sorgsam gemähte Wiesen ausbreiten, verziert mit sorgsam gejäteten Blumenrabatten. Eigentlich dürfte man sich darin nur in gepflegter Kleidung bewegen, die Herren mit weissem Hemd, entsprechender Krawatte und gediegenem Anzug, die Damen mit Nerzstola und Schuhen mit hohen Absätzen. Eigentlich. Aber ich begegne oft auch Menschen, die so gekleidet sind wie ich: in Jeans und Rollkragenpulli – anderes besitze ich nämlich gar nicht. Und ich denke, die Bäume und Blumen stört das so wenig wie die Enten, die im kleinen, natürlich sorgsam begradigten Flüsslein schwadern und denen ich etwas von meinem Frühstückstisch verfüttere. Und wohnen tue ich in einem schönen Hotel, in der Nähe dieser Anlage gelegen, in dem ich mich sehr zu Hause fühle. Wenn ich diese Umgebung vergleiche mit derjenigen bei mir zu Hause: Mein Zuhause ist wie ein Stück Brot mit Käse, dasjenige in Baden-Baden wie ein Fünfgangmenü in einem Gourmetlokal.

Ich pendle also jeden Monat einmal zwischen diesen beiden Welten hin und her. Und was ich auf diesen Reisen erlebe, soll das nächste Kapitel zeigen. Kleinigkeiten zwar für jemanden, der noch jung ist. Kleinigkeiten aber, die darauf hinweisen, was anders ist, wenn man zur älteren Generation zählt. Und für diese Generation mag der Trost gelten, dass sie sagen kann: «Genau so geht es mir auch.» Da kommt es also wieder – das Wissen um das «geteilte Leid».

Reisen: Umsteigen in Basel

Eigentlich ein banales, aber mit zunehmendem Alter immer schwerer wiegendes Problem. Deshalb darf ich nicht versäumen, es zu erwähnen: Wenn immer möglich fahre ich mit dem Zug. Das bedingt zuerst eine Autofahrt ins Tal. Susi oder Beate bringen mich nach Locarno oder Bellinzona, helfen mir, mein Gepäck in den Zug einzuladen – und dann beginnt eben der Albtraum, der immer schwerer wird. Bis etwa zu meinem siebzigsten Altersjahr war Reisen reiner Spass. Sowohl mit dem Zug als auch mit dem Auto. Da könnte man doch meinen, technische Fortschritte würden auch Bequemlichkeit mit sich bringen. Aber das, was ich erlebe, beweist mir das pure Gegenteil.

Früher stieg ich in Tenero in den Zug, wechselte ihn in Bellinzona, fuhr ohne umzusteigen durch bis Baden-Baden – und da war ich. Heute muss ich in Basel wieder umsteigen. Einerseits sind die deutschen Bahnen durch die modernen ICE-Züge «verbessert» worden. Nur: Diese vermögen offenbar nicht, die engen Kurven der Gotthardstrecke zu meistern. Zu allem Elend wurde der Bahnhof Basel SBB auch noch umgebaut. Früher lud man sein Gepäck auf ein Wägelchen, fuhr über eine Rampe hinunter, dann durch die Unterführung und wieder hoch zum Geleise, wo der abfahrbereite Zug wartete. Heute gelangt man über eine Passerelle dahin. Eine

Rolltreppe führt zu ihr hoch. Aber sage mir doch bitte einer, wie ich mit zwei Gepäckstücken (eines ein Laptop mit Drucker, das andere ein Koffer mit einem absoluten Minimum an Kleidern) da hochfahren soll. Ich muss mich nämlich auch noch am Geländer halten können. Ältere Menschen haben oft kein gutes Gleichgewichtsgefühl mehr. Auch ich gehöre dazu. Natürlich gäbe es auch noch den Fahrstuhl. Den muss man aber zuerst finden. Schon zweimal ist es mir passiert, dass er ausser Betrieb war. Hilflos herumschauen nützt manchmal. Aber nur manchmal. Und wenn ich Pech habe, schliesslich irgendwie auf dem richtigen Bahnsteig ankomme, fährt mir der Anschlusszug vor der Nase weg. Das heisst, dass ich nun zwei Stunden warten muss. Mit Ingrimm im Bauch. Wenn ich in Baden-Baden ankomme, geht mein Leiden weiter: Der Bahnhof ist zwar kürzlich umgebaut worden. Zur Unterführung gibt es eine Treppe. Auf der südlichen Seite der Unterführung auch ein Gepäckförderband. Jemand, der zum ersten Mal hier ankommt, kann von dessen Existenz nichts wissen. Und wenn auch: Sehr oft ist es ausser Betrieb. Der Fahrstuhl befindet sich am äussersten Ende des Bahnsteigs und ist schwer zu finden.

Mein Vorschlag: bei der Planung von Bahnhöfen einen älteren Fachmann beiziehen. Aber einen, der in seinem Privatleben ebenfalls mit dem Zug fährt und entsprechendes Gepäck mit sich führt. Und natürlich möglichst einen, der ortsfremd ist. Dann wären auch die Hinweistafeln verständlicher und vollständiger. Mir scheint nämlich, die Bahnhofarchitekten müssen allesamt fanatische Autofahrer sein und sind selbst noch gar nie in die Lage gekommen, mit schwerem Gepäck in einem fremden Bahnhof umzusteigen.

Weshalb ich selbst kaum mehr weite Fahrten mit dem Auto mache? Ich leide an Arthrose im einen Knie und auch in beiden Händen. Länger als eine Stunde selbst zu fahren, schaffe ich nicht. Ich bekomme krampfartige Schmerzen in den Fingern, die erst nach einer weiteren Stunde wieder abklingen. So wird auch eine relativ kurze Reise zur Qual. Ein grosses Glück für mich ist es, dass ich etliche liebe Freunde habe, die pensioniert sind und denen es Spass macht, mich herumzukutschieren, wenn es praktischer ist, die Reise mit dem Auto zu machen. Und deren Frauen sind allesamt der Ansicht, dass es ihrem Hans oder Walter oder Armin ganz gut tut, wenn ich zur Abwechslung diejenige bin, die sagt, wo es langgeht – im wahrsten Sinne des Wortes: Kartenlesen macht mir nämlich grossen Spass.

Pflanzen: Wunderbare Lebewesen

Eigentlich hätte ich sie schon erwähnen sollen in meiner Ortsbeschreibung. Ohne Bäume und Blumen und Sträucher wäre nämlich meine Umgebung hier lange nicht so schön. Die meisten dieser Bäume werden mich überleben, waren zum Teil schon gross, als ich hierher kam, andere habe ich gepflanzt. Zum Beispiel eine Tanne. Zuerst war sie ein Weihnachtsbäumchen. Wir kaufen nämlich immer solche mit Wurzeln. Im Frühjahr habe ich sie neben meinen Brotbackofen gepflanzt. Beinahe hätte es bald darauf ein Unglück gegeben: Olimpios Ziegen dürfen bis Mitte Mai frei weiden. Dass Ziegen nichts lieber fressen als Tannen, wusste ich damals noch nicht. Zum Glück kam ich zufälligerweise dazu, als sie sich über das Bäumchen hermachen wollten. Es wurde also umzäunt mit einem hässlichen Hühnerhofgitter von veritablen zwei Meter Höhe. Der Zaun blieb, bis die Ziegen auf die Alp geführt wurden, und wurde dann Mitte Oktober aufs Neue angebracht. Mindestens zehn Jahre lang gingen wir so vor. Bis das Bäumchen so hoch war, dass es auch überlebt hätte, wenn die Ziegen seine Äste unten abgefressen hätten.

Es mag etwa zwanzig Jahre alt geworden sein. Ich nahm mir vor, im Spätherbst ein Foto davon zu machen, dann wieder eines im nächsten Frühling, weil ich glaube, dass Tannen auch im Winter wachsen. Eine Tatsache, die ich noch in keinem Buch beschrieben fand. Wahrscheinlich, weil es den meisten Menschen egal ist, zu welcher Jahreszeit ein Baum wächst. Nicht aber meiner Neugierde.

Irgendwann Ende Oktober musste ich weg zu einem Signiertermin. Bei ihrem allmorgendlichen Telefon berichtete mir Susi, ein Sturm, der die letzte Nacht getobt hätte, hätte meine Tanne umgerissen. Erst da merkte ich, wie sehr diese Tanne mir ans Herz gewachsen war. «So wie ich Tiere mag (und manchmal auch Menschen), so mag ich auch Bäume.» Diesen Satz habe ich schon einmal in einem Buch geschrieben. Heute ergänze ich ihn: Je älter ich werde, desto mehr mag ich Bäume. Natürlich gibt es noch ein paar andere Lieblingsbäume. Die Lärche zum Beispiel, die etwa dreissig Meter von meinem Schlafzimmerfenster entfernt ihre Wedel im Wind wehen lässt. Sie ist uralt und entsprechend hoch. Odivio rät mir immer wieder, sie fällen zu lassen, denn wenn sie – wie die Tanne beim Backofen – umgeweht würde, würde ein Teil von ihr auf das Dach meines Hauses fallen. Dort, wo mein Schlafzimmer ist. Wenn ich ihm dann erkläre, dass ich die Lärche nie fällen lassen werde, weil sie viel zu schön ist, weil sie ein wunderbares Lebewesen, ein Kunstwerk des lieben Gottes ist, dann schüttelt er besorgt den Kopf. Ich weiss, was er denkt: Wenn dieses wunderbare Lebewesen nur nicht eines Tages auf dein Dach fällt und dich erschlägt. Würde er das laut sagen, dann würde ich ihm antworten, dass dies dann eben mein Schicksal sein muss.

Ja, und dann gibt es noch meinen Nussbaum im Hof. Auch so ein uraltes Wesen, das längst schon da stand, als ich vor vielen Jahren das Haus kaufte. Vielleicht werde ich jetzt ausgelacht. Ein anderer tippt sich vielleicht an die Stirn. Aber ich bin nun einmal überzeugt, dass ich einen Teil meiner Lebenskraft von diesem Baum beziehe. Mein Sitzplatz im Hof ist direkt an seinem Stamm. Allein schon hier zu sitzen, ist eine meiner Wonnen. Dazu kommt noch, dass ich so eine prächtige Aussicht geniesse: auf die Häuser auf der andern Seite des Flusses, auf die Kirche, das Pfarrhaus, die Berge. Man könnte es vielleicht auch so machen, dass ich Zweifler einlade, zu mir zu kommen, an meinem Platz unterm Nussbaum zu sitzen und dann vielleicht das zu sehen und zu fühlen, was ich hier sehe und fühle. Und diejenigen, die jetzt immer noch an meinem Verstand zweifeln? Die wissen ja gar nicht, was sie verpassen!

Wenn das Kapitel schon den Pflanzen gewidmet ist, gehört natürlich auch der Garten dazu. Eigentlich müsste ich sagen die Gärten. Da gibt es nämlich den Blumengarten rings ums Haus. Und auch die vielen Blumenkisten, die auf den Balkonen und Fenstersimsen stehen, dann gibt es – terrassiert, wie sich das für das Tessin gehört – beim Eselstall den Garten, den ich einst selbst gerodet habe, und schliesslich noch den Garten in der Ebene beim Fluss. Meine Gedanken und Erfahrungen zum Garten und zur Arbeit im Garten sind in zwei Büchern enthalten. Diejenigen, die selbst einen Garten haben dürfen, werden mir zustimmen: Ohne Garten ist ein Leben nicht rund.

Natürlich habe ich am Anfang meine Baumfreunde erwähnt. Sie sind gross und mächtig, deshalb kamen sie zuerst dran. Aber nicht minder erwähnenswert wären meine kleinen Freundinnen, die Blumen. Vor allem die wilden Blumen. Ich mag sie noch lieber als die Gartenblumen, weil sie mit wenigen Ausnahmen so bescheiden sind. Und alles, was bescheiden ist, liegt mir näher am Herzen. Aber wenn ich ihnen dann begegne, mich – obwohl meine Knochen mich dann schmerzen – zu ihnen niederknie, dann sehe ich in den Himmel. In meinen ganz eigenen, wunderschönen Himmel, der sich mir offenbart in den Blumengesichtern (Blümleingesichtern wäre genauer, aber ich weiss längst, dass ausserhalb der Schweizer Grenzen über unsere vielen Verkleinerungsformen gelächelt wird).

Wieder höre ich die Stimme meines Vaters: «Schau, diese Blumen sind – genau wie du – Geschöpfe des lieben Gottes. Er hat sie geschaffen, damit du in ihnen Freunde findest. So wie du Menschenfreunde hast, wenn du dich darum bemühst, so hast du Blumenfreunde, wenn du die Augen dafür öffnest. Schau, diese Soldanelle. Sie wächst durch die dünn gewordene Schneedecke. Ihre lilafarbenen, gefransten Glöckchen läuten, dass es nun bald, bald Frühling werden wird. Aber hören tust du das nur, wenn du sie ganz genau anschaust (und natürlich keines davon pflückst).» Ich war so fasziniert von dieser Blume, dass ich mir wünschte, im Kleid einer Soldanelle im Frühlingstanz bei der Schülervorstellung mitmachen zu dürfen. Mein Kleid war grün. Und auf dem Kopf trug ich eine Art Kappe in der Form einer Soldanellenblüte. Lila und ringsum gefranst. War ich da stolz! Und das Foto habe ich immer noch.

Jetzt fällt mir die Wahl schwer: Soll ich nun die Enziane zuerst nennen, oder nein, doch lieber die Pelzanemone oder die Schwefelanemone oder die Alpenrose? Der Eisenhut wäre auch erwähnenswert, der Anfang August blüht und die Alpweiden mit seinen blauen Helmen schmückt. Papa hatte diese Pflanze nicht gern. Sie ist giftig, und die Kühe fressen sie nicht. Aber schön sieht sie doch aus. Vor allem, wenn sie in Gesellschaft des Johanniskrauts wächst, das um dieselbe Zeit gelb blüht, etwa dieselbe Grösse hat und ebenfalls von den Kühen verschmäht wird. Meist sind da auch noch Reihen von Alpenrosen. Dann sehen Teile der Weiden aus, wie wenn ein Gärtner die Blumen extra da hingesetzt hätte. Und wieder höre ich die Stimme meines Vaters: «Denk daran, alle diese Blumen sind Geschöpfe Gottes. Genau wie du.»

Wer so erzogen wird, so eingebettet in die Natur, der hat automatisch ein tiefes, ein instinktives Wissen um die göttliche Allmacht. «Du bist ein Geschöpf Gottes. Du bist in seiner Hand. Wie jede Blume, und sei sie noch so klein. Wie jeder Baum, und sei er noch so gross.» Ich denke, mit diesem Wissen versehen, konnte ich die schweren Zeiten besser verkraften. Und sie kamen – die ganz schweren Zeiten. Ich denke, ich habe sie dank dieses Gottvertrauens heil überstanden, nein, bin wegen ihnen erstarkt und war dann gewappnet für einen jahrelangen, grässlichen Lebenskampf, bedingt durch die Scheidung meiner Eltern. Dadurch hat es mich ja in die Stadt verschlagen. Da waren keine wilden Blumen. Höchstens die Geranien, die meine Mutter vor den Fenstern pflegte, und die Hortensien im so genannten Garten unseres Stiefvaters. In einem Garten, wo das Mähen und Wässern des Rasens meine Pflicht war. Und fertig. Sonst durfte ich da nichts.

Zum Glück war in der Nähe des Hauses der Botanische Garten. Dort bestaunte ich vor allem die tropischen Gewächse. Aber da war kein Papa, der mich auf deren Schönheiten aufmerksam machte, mich auf deren Eigenheiten hinwies. Ich hätte ja in irgendeinem Buch nachsehen können. Aber ersetzt ein Buch die Stimme eines Vaters? Kurz, meine grosse Blumenliebe gilt auch jetzt noch den Alpenblumen. Viele gedeihen auch hier um mein Haus herum. Andere vermisse ich. Die Soldanellen zum Beispiel. Die gehören bei mir zu Arosa, zu meiner Jugend. Und zu Papa.

Tiere: Hausgenossen mit Charakter

Seltsame Titelreihenfolge: Tiere – Familie – Freunde – Kinder – Männer.

Mir fällt jetzt ein, wie der Freund reagierte, mit dem ich meine Internetseite konzipieren durfte. Da ist die Reihenfolge: Meine grosse kleine Welt – Tiere – Personen. Er fragte mich besorgt, ob nicht die Menschen vor den Tieren kommen müssten («Was denkt man da von dir?»). Das kann ich auf zwei Arten betrachten: Jemand, der mich nicht kennt, mag schockiert sein. Aber ich denke (vielleicht werde ich einmal dafür bestraft): Bei mir ist es nun einmal so, dass die Tiere meinem Herzen am allernächsten sind. Das hängt sicher damit zusammen, dass ich viele Jahre lang allein gelebt habe, dann – als ich mein Leben im Tessin aufbaute – während etlicher Jahre nur Tiere meine Hausgenossen gewesen sind, gefolgt von Nutztieren, die ebenfalls meine ganze Zuneigung bekommen haben.

Was bedeuten mir Tiere im Alter? Kurz gesagt: Ich kann mir heute ein Leben ohne Tiere nicht vorstellen, fürchte mich vor dem Moment, wo ich vielleicht an einen Ort muss, an dem ich keine Tiere um mich herum haben kann. Tiere zeigen mir ihre uneingeschränkte Zuneigung. Zuneigung, die ich genauso uneingeschränkt und gerne zurückgebe. Sie benehmen sich so, wie ich es von jeher von ihnen gewohnt bin. Katzen sind heute noch so unabhängig, selbstständig, meist selbstbewusst, verschmust, wie ich es von ihnen schon immer wusste. Hunde sind heute noch so unterwürfig, manchmal viel zu laut und ungehorsam, wie ich sie schon immer kannte. Wobei das Laute und Ungehorsame auf meine Erziehung und nicht auf ihren Charakter zurückzuführen ist. Wer sich erst im Alter überlegt, Tiere zu halten, den verweise ich auf das Kapitel «Tiere im Alter». Ich weiss, dass meine Tiere von mir abhängig sind. Ich habe ihnen gegenüber also Pflichten, die ich liebend gern erfülle.

Wenn ich alternde oder alte Tiere mit ihren Gewohnheiten beobachte, kann ich viel von ihnen lernen oder zumindest ihr Verhalten mit meinem Verhalten vergleichen und oft schmunzelnd Übereinstimmung feststellen. Letzteres ist zum Beispiel der Fall bei der altersbedingten Verkleinerung des Lebensraums. Weder meine Katzen noch mein Wuschihund gehen weiter vom Haus weg, als dass sie auch den Heimweg wieder schaffen würden. Ich mache instinktiv genau dasselbe. Sie verbringen viel mehr Zeit mit Schlafen. Ich mache dasselbe. Sie schränken ihre Nahrungsaufnahme ein. Ich mache dasselbe.

Dann habe ich von meinen Tieren viele Kleinigkeiten gelernt. Zum Beispiel, dass es vorteilhaft ist, sich am Morgen, bevor man sein Nachtlager verlässt, tüchtig nach allen Seiten zu strecken. Das fördert die Gelenkigkeit. Man gehe doch morgens so früh, dass die Tiere noch schlafen, in einen Stall. Jedes, ob Esel, ob Schaf, ob Ziege, streckt sich tüchtig, bevor es aufsteht. Meine Hunde tun es, meine Katzen tun es, wieso soll ich es nicht auch machen?

Und dann gibt es eine Beobachtung, die mir sehr wichtig erscheint: Tiere haben einen Tagesrhythmus, der der Tageszeit angepasst ist (es sei denn, es seien Nachttiere). Es hat Jahre gedauert, bis ich so klug war, in meinem Haus dasselbe einzuführen: Tagwache ist nie vor der Dämmerung. Im Sommer bleibt es allerdings bei 6.00 Uhr. Wenn die Tage kürzer werden, steht man alle zwei Wochen eine Viertelstunde später auf, im Frühjahr geht es umgekehrt: alle vierzehn Tage eine Viertelstunde früher. Wenn der Wechsel von Sommer- auf Winterzeit und von Winter- auf Sommerzeit ist, fällt das überhaupt nicht ins Gewicht.

Unsere Esel und Schafe, die von Mitte Oktober bis Mitte Mai frei weiden dürfen, stehen mit ganz wenigen Ausnahmen immer kurz nach Sonnenuntergang vor der Stalltür. Die Ausnahmen sind jene Fälle, wenn Hunde sie verscheuchten, während sie auf der Weide grasten. Hunde und Katzen kennen ihre Fütterungszeiten ebenso genau. Halte ich diese auch ein, kann ich sicher sein, die gesamte Mannschaft, nein, natürlich «Tierschaft» vorzufinden. Das erleichtert Kontrollen. Auch ich fühle mich wohl, wenn mein Tag einem geregelten Rhythmus folgen kann. Mahlzeiten zu denselben Zeiten (Frühstück ebenfalls der Tagwache angepasst, jeweils um eine Viertelstunde vor- oder zurückverschoben). Früher habe ich oft junge Leute bei mir gehabt, die aus zerrütteten Familienverhältnissen stammten. Ich glaube, auch unsere regelmässige Lebensweise hat dazu beigetragen, dass sie einen besseren Halt fanden. Eines ist natürlich klar: Ich darf solche Ansichten nicht nur predigen, ich muss sie selbst leben, denn ich muss stets mit dem Beispiel vorangehen – auch heute noch! Denn nichts ist so ansteckend wie das Beispiel!

Andere Gründe, weshalb das Tierkapitel vor dem Kapitel «Menschen» steht: Es gab etliche Menschen, die mich grausam hintergangen, betrogen, ausgenützt haben. Aber auf der andern Seite sehe ich, dass ich viele, nein unzählige Freunde habe, denen ich unrecht tue, wenn ich die Tiere zuerst erwähne.

Familie: Pflege im Basislager

Ich beobachte es bei meinen Freunden: Familienzusammenhalt ist etwas Wunderbares, Beneidenswertes. Glücklich jeder, dem eine intakte Familie geschenkt wird, die – eben – zusammenhält. Durch dick und dünn. Dieses Glück will einerseits anerzogen, andererseits immer wieder gepflegt werden. In meinem Umkreis habe ich Beispiele. Sowohl positiver als auch negativer Art. Ich kämpfe jetzt gerade mit mir, ob ich schildern soll, weshalb ich Familienzusammenhalt als beneidenswert empfinde. Aber vielleicht ist es auch hier so, dass jemand, dem es ähnlich erging wie mir, dieses «geteiltes Leid Empfinden» hat und sich damit trösten kann.

Meine Eltern liessen sich scheiden, als ich elf, mein Bruder Christian fünf Jahre alt war. Meine Mutter war Waise und hatte überhaupt keine Familie. Mein Vater verheiratete sich nach einigen Jahren wieder. Er ist längst gestorben. Aber trotzdem habe ich mit meiner Stiefmutter und meinen beiden Halbgeschwistern Luzi und Julia und deren Familien einen schönen, harmonischen Familienzusammenhang, der sich allerdings auf wenige jährliche Treffen und gelegentliche Telefongespräche beschränkt. Jedes lebt sein eigenes Leben, weiss aber, dass die andern bei Bedarf da sind. Dieses Wissen ist ein unbezahlbarer Schatz, gibt mir Halt. Wenn ich denke, was Luzi für mich tat, als er die Bauführung bei meinem Hausumbau übernahm. Dieses Werk ist eigentlich ein Denkmal für ihn und seine Baumannschaft. Und Julia ist für mich immer noch das Schwesterlein, das ich baden durfte, wenn ich bei Papa und seiner neuen Familie in den Ferien war.

Als Mama starb, war ich einundzwanzig, mein Bruder Christian fünfzehn Jahre alt. Ich wurde während sieben Jahren sein Muttersatz. Mit ihm verband mich ein inniges Band, obwohl auch er, nachdem er seine Lehre abgeschlossen hatte und anschliessend nach Westafrika ausgewandert war, sein eigenes Leben lebte. Ich wusste einfach: Er war da und würde mir auch helfen, so ich denn seine Hilfe gebraucht hätte. Dass er genauso auf mich zählen konnte, wusste er. Mehr braucht es wohl nicht.

Eine Eigenart hat unser Familienleben: Geburtstage sind in meinem Hirn nicht eingemeisselt. Die einzigen, die ich kannte, waren diejenigen von Mama, Papa und Christian. Mit der Folge, dass ich auch niemandem gratuliere und – ausser von meiner Stiefmutter, die sich das nie nehmen lässt – auch keine Gratulationen bekomme. Ich denke, diese

Eigenart kommt von unserer Mutter, die ja überhaupt kein Familienmitglied hatte, dem sie gratulieren konnte. Einmal mehr die Feststellung, wie sehr Erziehung prägen kann.

Freunde: Mein höchstes Gut

Bei mir halten sich die Begriffe «Freunde» und «Familie» genau die Waage. Meine Familie – das sind auch meine Freunde. Meine Freunde – das ist auch meine Familie. Das kommt vielleicht auch davon, dass von meiner ureigenen Familie nur noch ich am Leben bin.

Ohne die unzähligen Freunde und Freundinnen, die mir bei unzähligen Problemen geholfen haben, wäre mein Leben anders verlaufen. In allen Bereichen, die es in meinem bunten Leben nun einmal gibt: im Garten, im Haushalt, auf meinen Signierreisen, beim Fällen und Zersägen des Holzes für ein warmes Haus. Aufzählen kann ich sie hier gar nicht alle. Nur danke schön sagen und hoffen, dass ich das, was sie für mich tun, auf die eine oder andere Art wieder wettmachen kann, sie niemals auf irgendeine Art enttäusche. Eigentlich sollte ich einen Spruch über mein Bett hängen: «Deine Freunde sind das höchste Gut, das du empfangen hast.» Von meinen Freunden wird in diesem Buch noch oft die Rede sein.

Meine Freunde sind beinahe alle etwa in meinem Alter, vielleicht etwas jünger. Einige – aber nur einige – Freunde und vor allem Freundinnen könnten meine Kinder sein (siehe Beate und Susi). Ich denke auch an ein paar ganz treue männliche Fans, die in mir vielleicht eine Art Muttersatz sehen und die, was das Helfen betrifft, unbedingt erwähnt werden müssen. Allen voran sind da Kai und ein anderer Dieter zu erwähnen. Mit all diesen Freunden besteht eine reiche Zwiesprache, bei der alle nur möglichen Themen erläutert werden. Das ist dann Dialog pur. So wie er sein sollte. Meine Nachbarin Emilia hat mir vor vielen Jahren eine so unendlich wahre Weisheit gesagt bei einem Gespräch, als sie mir auf dem Weg begegnete, weil sie ihre Schafe suchte: «Da, wo man miteinander spricht, ist die Welt in Ordnung.»

Damals waren ja meist junge Leute bei mir. Unser Tagewerk war zwar anstrengend, aber abends konnten wir singen, musizieren, Karten spielen oder Witze erzählen oder ein Gespräch führen. Und heute: Da sitzt man – auch manchmal bei mir – nach dem Nachtessen im Wohnzimmer vor dem Fernseher. Das Gespräch ist verebbt. Die Spielkarten, die Schachteln mit den Brettspielen verstauben im Regal. Susis Gitarre steht verstimmt im Schrank. Meine Blockflöten? Ich weiss gar nicht, wo die hingekommen sind. Natürlich kann ich versuchen, ein Gespräch über irgendein allgemein interessierendes Thema zu beginnen. Das Interesse ist bei denjenigen, die meine Enkel sein könnten, minim. Ich fühle, sie lechzen danach, den Fernseher einzuschalten.

Auch hier versuche ich, diese Reaktionen zu hinterfragen. Ist es so, dass junge Leute vielleicht zu viel Respekt vor mir haben, deshalb ausweichende Antworten geben und sich so rasch wie möglich in einen andern Raum – eben zum Fernseher – verziehen? Natürlich gibt es Themen, bei denen ich nicht mitkomme. Die heutige Musik zum Beispiel. Die heute übliche Kleidung zum Beispiel. Auch mit der modernen Malerei habe ich meine liebe Mühe. Kleckse, und mögen sie noch so schöne Farbenharmonien zeigen, sind für mich keine Kunst. Da komme ich nicht mit. Also auch da werde ich nicht fündig, um ein Gespräch anzufangen. Dürfte ich einfach keine negativen Urteile mehr kundgeben? Nur noch das sagen, was mir gefällt, das, was mir nicht gefällt, einfach weglassen? Aber Stillschweigen kann auch Ausdruck von Ablehnung sein.

Eigentlich doch kurios: Noch nie hatte die Welt so viele Kommunikationsmöglichkeiten. Ich denke ans Handy, ans Internet. Und doch war es früher so, dass alle Generationen miteinander redeten. Ich habe mich damit abgefunden, dass offenbar eine Blockade zwischen Alt und Jung besteht (dabei wären gerade diese Gespräche für beide Teile doch so wichtig). Ja, leider habe ich mich damit abgefunden. Ich gehe bald nach dem Nachtessen in mein Zimmer, meist, um noch zu lesen. Und vom Wohnzimmer höre ich das Knallen der Pistolenschüsse, weil da offenbar ein Krimi im Fernsehen läuft. Manchmal auch das Gequietsche eines Mickey-Mouse-Films. Kaum Lachen, keine Musik.

Wenn mir doch das «Früher war das schöner» nicht immer wieder durch den Kopf schiessen würde! Dabei würde ich so gerne auch die jüngste Generation zu meinen Freunden zählen. Vielleicht bin ich einfach zu anspruchsvoll. Kommt dieser Wunsch nach dem Kontakt mit den ganz Jungen davon, dass ich keine Enkel habe, vielleicht nicht den richtigen Ton habe, sie anzusprechen? Wenn ich mir dann selbst aufzähle, wie viele, wie unendlich viele Freunde ich in den älteren Generationen habe, dann schäme ich mich beinahe über mein Gejammer. Geht das anderen, die so alt sind wie ich, auch so?

Kinder: Er-ziehen oder Ver-ziehen?

Kinder geben mir viele Rätsel auf. Diese Rätsel lassen sich manchmal lösen, wenn ich Einblick in deren Familienleben bekomme, meist feststelle, dass heute ganz andere Regeln in ihrem Verhältnis zur Erwachsenenwelt gelten. Heute leben sie meist ihr Kinderleben frei von allen Verpflichtungen und Verantwortungen. Sie werden behandelt wie kleine Königinnen und Könige, dürfen alles, was sie wollen, müssen nichts, was sie nicht wollen. Das Nichtwollen wird zum Beispiel demonstriert, indem sie in milden Fällen eine beleidigte Miene aufsetzen, in härteren Fällen die Tür hinter sich zuknallend weinend davonrennen und erst wieder hervorkommen, wenn die Mama sie tröstend in die Arme nimmt: «Ist ja guuuut, mein Kleines.» Und das Kleine weiss, dass es das, was es hätte tun sollen, aber nicht wollte, auch nicht tun muss, dass die Mama es vermutlich jetzt selbst gemacht hat. Was für Arbeitnehmer oder Arbeitgeber werden aus derart erzogenen Kindern?

Seltsam, solche Feststellungen mache ich erst, seitdem ich alt geworden bin, frage mich gerechterweise auch, wie ich wohl meine eigenen Kinder er- respektive ver-zogen hätte. Ob ich in der heutigen Welt zu streng mit ihnen gewesen wäre, weil ich die Erziehungsweise meiner Eltern nachgeahmt hätte? Ob diese Strenge sie vielleicht in die Drogenszene getrieben hätte? Ob ich sie vor meine Tür gesetzt hätte, wenn sie mit einer läppischen Baseballmütze, den Schirm womöglich nach hinten gedreht, an meinem Tisch gesessen und jede freie Minute entweder mit Walkman-Kopfhörern über den Ohren oder neben dem wummernden Gedröhne ihrer «Musik» verbracht hätten? Nutzlose Fragen, die ja nie die Möglichkeit einer Antwort haben.

Die Überlegungen zum Ver-ziehen kommen bei mir regelmässig hoch, wenn ich Freundinnen und Freunde meines Alters beobachte im Umgang mit ihren Enkelkindern. Ich führe dann jeweils ein Gespräch mit meinem zweiten Ich, das in diesem Fall sagt, dass Kinder und Enkel zweierlei Betrachtungsweisen zulassen und dass ich, kinder- und somit auch enkellos, kein Recht habe, hier Vergleiche anzustellen, weil ich mich weder in die Lage einer Mutter noch in die Lage einer Grossmutter versetzen kann. Zudem, allzu strenge Erziehung kann auch negative Folgen haben.

Da kann ich dagegenhalten, dass ich wohl sehr streng, aber auch sehr liebevoll erzogen worden bin. Der Zeitaufwand meiner Eltern war dabei relativ klein. Sie haben mich einfach mitgenommen bei ihren Arbeiten. Ich ging mit Papa in den Stall zu Kühen, Pferden, Hühnern und Schweinen. Und Mama nahm mich mit zu ihren vielfältigen Arbeiten im Haus. Überall durfte ich mitarbeiten, hatte die mir zugewiesenen Aufgaben aber auch dann zu erfüllen, wenn mir das manchmal nicht unbedingt behagte. Ich wurde so ganz automatisch in die vielfältige Arbeitswelt der Erwachsenen integriert. Zugegeben: Ein Vater, der in der Fabrik arbeitet, eine Mutter, die vielleicht Verkäuferin oder Büroangestellte ist, kann das nicht praktizieren. Aber das Resultat in meinem Fall: Arbeit ist – mit ganz winzigen Ausnahmen – für mich auch heute noch «dürfen» und nicht «müssen». Das Stundenlohndenken ist mir fremd (darf für jemanden, der Bücher schreibt, sowieso keine Rolle spielen). Und für die Strenge (die ja das Liebevolle nicht ausschloss) meiner Eltern und meiner Grossmutter bin ich nicht erst im Alter dankbar.

Was mir oft sehr schwer fällt: Ich versuche – nicht nur im Zusammenhang mit Kindern – meine Vergleiche mit früher möglichst für mich zu behalten. Manchmal ist das nicht ganz einfach, besonders wenn ich mir einbilde, heutigen Müttern und ihren Kindern etwas zuliebe zu tun, wenn ich sie auf Missstände aufmerksam mache, ihnen erzähle, wie es – eben – früher war. Ich gebe aber auch zu, dass vieles heute besser ist als damals. Damals, als es noch keine Antibiotika gab, keine so ausgefeilten Kenntnisse der Chirurgie, der Diagnostik. Damals, als man viele Wege zu Fuss gehen musste, damals, als die Möglichkeiten der Kommunikation und der Information noch nicht so vielseitig und vielfältig waren. Irgendwann kommt dann meine Erkenntnis, dass halt alles seine zwei Seiten hat.

Männer: Freunde und Partner

Es kommt oft vor, dass die Zuschauer unserer gemeinsamen Fernsehsendung annehmen, Werner, mein Partner und «Entdecker» fürs Fernsehen, sei auch das, was man heutzutage Lebensabschnittsgefährte nennt. Ist er aber nicht. Der Grund zu dieser Annahme besteht darin, dass wir zwei in unseren Sendungen miteinander umgehen wie ein altes Ehepaar, das miteinander kocht. Manchmal sind wir gegenseitig ausgesprochen liebenswürdig, manchmal auch weniger. So wie im richtigen Leben halt – und manchmal merken aufmerksame Zuschauer auch, dass ich jetzt mit den Zähnen knirsche, oder finden zumindest, dass ich eigentlich knirschen sollte.

Meist ist es in jenen Fällen dann so, dass ich ein stilles Dankgebet zum lieben Gott schicke, dass ich das sein darf, was ich schon viele Jahre bin: ein Single – um schon wieder solch ein schönes neues Wort anzubringen. Ich habe nämlich schon vor etlichen Jahren festgestellt, dass mein Charakter und mein ganzer Werdegang nicht dazu geeignet sind, einen Partner auf Dauer neben mir zu ertragen. Es braucht eine gewisse Reife, um zu dieser Einsicht zu kommen und seinen eigenen Charakter entsprechend zu analysieren. Aber es gibt offenbar keinen Mann auf dieser Welt, der die Wellenlinie hat, die ich bräuchte, um mit ihm mein tägliches Leben zu teilen.

Ich versuche, mich selbst objektiv zu betrachten: Ich bin zu selbstständig geworden, gewohnt, selbst zu entscheiden. Meist sogar sehr rasch. Und dann: Ja, ich bin dominant. Einen dominanten Mann neben mir zu haben, einen, der *mir* befehlen würde, was *ich* zu tun oder zu lassen hätte, das würde ich nur beschränkt ertragen, nein, überhaupt nicht. Einen Schlappi mag ich aber noch weniger. Ob es wohl an der damaligen Erziehung lag, dass viele Frauen meines Alters glaubten, nur eine vollwertige Frau zu sein, wenn sie auch einen Mann «vorweisen» konnten? Die unglückliche Ehe meiner Eltern, die noch unglücklichere zweite Ehe meiner Mutter haben mich gelehrt, dass es von Vorteil ist, nicht auf den Status Ehefrau zu bauen, sondern so selbstständig wie möglich zu sein. Klar, das hat auch seinen Preis: den Verzicht auf Familie, auf Kinder. Und wiederum sind da die Erfahrungen aus meiner Jugend, die mir «Familie zu haben» gar nicht so erstrebenswert erscheinen liessen.

Heute, nein, eigentlich bald nach meinem Umzug ins Tessin, bin ich in eine Art Familienleben hineingerutscht, ohne dass dies je meine Absicht gewesen wäre. Es hat sich einfach so ergeben. Zwei, drei Jahre nach dem Erscheinen meiner ersten Tessin-Bücher waren es Jugendliche, die entweder das Leben auf dem Land lockte und/oder aus zerrütteten Familienverhältnissen kamen, die ich bei mir aufnahm und die meist mindestens während eines Jahres, manchmal auch länger, bei mir geblieben sind. Und heute ist «meine Familie» – ich wage es kaum zu sagen, weil ich den Neid der Götter nicht heraufbeschwören möchte – sozusagen ideal. Dieter, Beates Papa und damit Hannelis Grossvater, dann Beate und Susi als die mittlere Generation, Hanneli als schulpflichtiges Kind. Ich denke, unsere Probleme sind etwa die gleichen wie in einer richtigen Familie in der heutigen Zeit. Ich beherrsche mich, um Beate möglichst nicht in Hannelis Erziehung dreinzureden, obwohl ... Beate und Susi haben oft gegenteilige Ansichten, was die Arbeitseinteilung anbelangt. Dieters Gewohnheiten, was die Pflege unserer Gärten betrifft, sind manchmal ganz und gar nicht die meinigen. Wobei ich ja froh bin, dass er die vielen Arbeiten übernimmt, denen ich körperlich nicht mehr gewachsen bin. Da lernt man von selbst, bescheiden zu werden und – dankbar den Mund zu halten! Aber vom Thema Familie nochmals zurück zu den Männern.

Da kommt nämlich noch ein Punkt dazu, den ich hier freimütig gestehe: Ich war schon immer eine Streberin. Das hat mir vor allem während meiner Schulzeit oft grosse Probleme bereitet. Ich wurde von meinen Kameraden ausgegrenzt. Ich besitze das Brieflein meines ersten Schulschatzes immer noch. Er schrieb es mir, als wir beide etwa neun Jahre alt waren. In wackliger Kinderschrift steht da: «Ich will dich nicht mehr als Schatz haben, weil du beim Lehrer zu viele Pünkte hast.» (Die Umlautzeichen über dem u sind zwei Kreislein.) Dazu muss ich erklären, dass «Pünkte» im schweizerdeutschen Dialekt «Punkte» sind. Ob der Ausdruck «Punkte haben» auch im Schriftdeutschen «bevorzugt werden» bedeutet, weiss ich nicht. Viele Männer ziehen Frauen vor, die weniger intelligent sind als sie. Eigentlich vernünftig. Denn in einer Familie sollte nur einer «die Hosen anhaben». Aber ich weiss: Ich wäre nicht da, wo ich heute bin, wenn ich mich nicht bemühen würde, alles – aber wirklich alles – erst zu durchdenken und dann so gut wie irgend möglich zu erledigen, und zwar so, wie ich es für gut finde. Da darf mir niemand dreinreden!

In meinem Elternhaus hatten wir einen Knecht. Er hiess Sami. Ich weiss noch, wie er sich mit erhobenem Zeigefinger neben mich setzte: «Merk dir eins, Kind, Diplizin ischt das halbe Leben.» Ich weiss auch noch, wie meine Eltern wegen der «Diplizin» kicherten. Aber Samis Weisheit hat sich tief bei mir eingegraben. Ich setze das Wort gleich mit «Prioritäten setzen, Pünktlichkeit, Zuverlässigkeit, Ordnungsliebe». Ich brauche bei jeder Arbeit, auch der einfachsten, nicht nur die Hände, sondern auch den Kopf. Dadurch erspare ich mir viele Wege, viel unnötiges Suchen und habe dafür mehr Zeit für Wichtiges. Dinge, die ich sofort erledigen kann, auch wenn sie noch nicht dringend wären, werden sofort erledigt. Motto: «Was gemacht ist, ist gemacht.» Neugierig zu sein, alles erforschen zu wollen, gehört auch dazu.

Je älter ich werde, desto mehr versuche ich, mich selbst, mein Verhalten, meinen ganzen Charakter aus der Distanz zu betrachten und zu analysieren. Vorteil: Offenbar hält auch das jung. Zweiter Vorteil: Möglicherweise kann man dadurch spontane Verhaltensweisen, die den Mitmenschen auf die Nerven gehen können, besser im Zaum halten.

In Bezug auf Männer muss ich da noch einflechten: Ich kenne viele Männer, die gute Freunde sind, auf die ich zählen kann. Das, was man auf Schweizerdeutsch «Chumm mer z Hilf – Komm mir zu Hilfe» nennt. Aber das sind eben Freunde und nicht Partner, die Tisch und Bett mit mir teilen. Wer das Glück hat, zusammen mit einem Partner einträchtig alt werden zu dürfen, soll das als grosses Geschenk geniessen. Das «Weisst du noch» ist immer präsent, das Wissen, dass man nicht allein ist, das Wissen, dass der Partner oft die Gedanken des andern erraten kann, manchmal bevor sie einem selbst klar werden, das muss Glücksmomente bringen, die ein allein alt werdender Mensch wie ich gar nicht nachvollziehen kann. «Derjenige von uns zweien, der dann allein zurückbleibt, muss für dieses Glück aber einen gewaltigen Preis bezahlen.» Das hat eine meiner vielen Freundinnen letzthin nachdenklich zu mir gesagt, als wir über dieses Thema sprachen. Alles in der Welt hat eben seinen Preis. Tönt banal, ist aber wahr.

Tagebuch, Januar: Nostalgie in Arosa

Welch ein Glückspilz bin ich doch! Ich bin von einem Hotel in Arosa eingeladen worden, zusammen mit einer Mitarbeiterin einige Tage dort zu verbringen. Meine Gegenleistung: jeden Abend eine Lesung halten. Susi kennt Arosa bereits, also ist Beate mitgekommen. Sie weiss natürlich längst, dass ich hier aufgewachsen bin, und ist entsprechend neugierig zu sehen, wie es an einem so hoch in den Bergen gelegenen Ort im Winter ausschaut. Wir sind extra einen Tag zu früh eingetroffen und haben die erste Nacht in meinem Elternhaus verbracht, das ja auch ein Hotel – allerdings ein bescheideneres – ist, nur einen Steinwurf von dem entfernt, in dem wir anderntags erwartet wurden.

Natürlich habe ich in der «Sonnenhalde» sofort alles inspizieren und vergleichen müssen. Vieles ist anders geworden, einiges ist noch genau gleich. Die Treppenstufen knarren noch immer. Die Besenkammer, in die sie mich sperrten, wenn ich ungehorsam war, ist auch noch dieselbe. Die Klos haben neue Schüsseln. Da, wo das Bügelzimmer war, ist jetzt ein Kinderspielraum.

Ich denke, wenn ich von meinem Tessiner Haus weggegangen wäre, als es noch im alten Zustand war, und nun das von irgendjemandem umgebaute Haus inspizieren würde, wäre es mir ähnlich ergangen. Irgendwie kamen Sehnsüchte auf. Sehnsucht nach dem, was einmal war und jetzt eben ganz anders ist. Das Suchen nach dem, was doch noch gleich geblieben ist. Und das Wissen, dass das Gewesene endgültig gewesen ist. Da könnte man schon melancholisch werden. Wenn diese Melancholie etwas nützen, Vergangenes zurückbringen würde, würde ich mich ihr hingeben. So bleibt mir nur der Blick nach vorn. Und dann: Rückblickend erinnere ich mich nur noch an die schönen Seiten meines damaligen Lebens. Die andern habe ich verdrängt.

Wenn ich dann sehe, wie liebevoll «mein» Haus – sei es nun das in Arosa oder das im Tessin – eben den heutigen Lebensgewohnheiten angepasst worden ist, dann bin ich wieder zufrieden. Und falls mir nun jemand in meinem Alter sagt, ihm gehe es ähnlich, dann ist alles wieder gut.

Also zogen wir im Kulm-Hotel ein. Das heisst, zuerst fuhren wir natürlich vor. Wir haben ein Auto, das für ein solches Hotel nicht ganz standesgemäss ist: einen Renault Kangoo.

Der Concierge bat uns um die Schlüssel, um das Auto in die Garage stellen zu dürfen. Ich gab sie ihm mit der Bitte, jaaa unserm Wagen Sorge zu tragen, was er lachend versprach. Schon am ersten Abend erwartete mich – neben einer Schar von Hotelgästen – eine meiner Schulkameradinnen zur Lesung. Und nachher ging dann wieder das «Weisst du noch» los. Das ist eine der Wonnen des Älterwerdens, die ich immer wieder geniesse, wenn ich jemanden von früher antreffe: «Weisst du noch, als wir ...!» Manchmal allerdings – und das immer öfter – heisst es dann auch: «Weisst du schon, dass der und die gestorben sind?» Melancholie und Trauer: Geht weg. Diese Worte gehören zum Leben der älteren Generation. Irgendwann wird es für die andern auch heissen: «Weisst du, dass die Kathrin gestorben ist?»

Natürlich sind Beate und ich zum Aroser Bergkirchli gewandert, sind durch den tief verschneiten Friedhof gegangen, haben Halt gemacht im Heimatmuseum. Hier, auf der Egga, wurde mein Vater geboren. 1914 haben meine Grosseltern dann die «Sonnenhalde» gebaut. Im Museum steht auch das Bett, in dem ich als Kind beim Nani schlafen durfte. Ein Bett mit einer Jahreszahl: 1772. Und Initialen: SM. Der Familienname meines Nanis war Margreth. Mein Vater hat mir erzählt, dass sie die Letzte dieses Geschlechts gewesen sei. Das Bett ist bemerkenswert kurz. Wahrscheinlich waren die Menschen, die hier ihr karges Leben gefristet haben, kleiner gewachsen als wir heute.

Die weiteren Tage in Arosa werde ich verbringen mit Treffen mit Schulkameraden und Freunden. Beate muss sich die Ladengeschäfte ansehen. Ich schreibe derweil. Diese Worte hier zum Beispiel. Am letzten Tag wird sie mich nach Chur bringen. Von dort aus fahre ich direkt nach Baden-Baden. Beate fährt wieder heim ins Tessin. Für mich ist es ein Wechselbad zwischen ganz verschiedenen Welten. Tessin – Arosa – Baden-Baden. Ich mache eine seltsame Feststellung: Orte, die ich nicht so lange kenne, wo nicht jeder Baum eine Erinnerung wachruft, können manchmal erholsam – erholsamer – sein. Diese Tatsache muss ich mir unbedingt merken, wenn die Melancholie zu gross, die Sehnsucht nach dem Vergangenen zu stark wird.

Tagebuch, Februar: Mein gewöhnlicher Arbeitstag

Das galoppierende Pferd braucht eine Atempause. So viele allgemeine Themen, die – eben – mein Älterwerden betreffen, brennen mir im Kopf und auf den Fingern. Aber ich gönne mir jetzt eine Lieblingsbeschäftigung. Das, was ich in meinen früheren Tessin-Büchern machte: Schilderung unseres täglichen Lebens mit allen Höhen und Tiefen. Ein Blick in das heutige tägliche Leben ist offenbar erwähnenswert. Das weiss ich, weil ich immer und immer wieder gefragt werde, wie denn ein so ganz gewöhnlicher Tag bei mir aussieht.

Ein ganz gewöhnlicher Tag. Eigentlich gibt es das kaum. Meist kommt irgendetwas Unvorhergesehenes dazwischen. Jeden Morgen bin ich neugierig, was es denn heute wieder sein könnte.

Kurz vor sieben Uhr dämmert es. Mein Wuschihund, der neben mir schläft, hat mich geweckt, weil er an der Tür gekratzt hat. Ich habe ihm die Tür geöffnet. Ein herrlicher Kaffeeduft durchzieht bereits das Haus. Susi ist etwas früher aufgestanden und hat bereits die Kaffeemaschine in Gang gesetzt.

Wir halten es so, dass Hanneli am Vorabend bereits den Wassertank der Kaffeemaschine auffüllen und die Filtertüte in den Behälter legen muss. Diejenige, die zuerst aufsteht, mahlt den Kaffee, füllt ihn ab, gibt ihn in den Filter, drückt aufs Knöpfchen. Während Susi nun ihre Morgentoilette macht, blubbert es in der Maschine, und der Duft weckt die übrigen Hausbewohner. Das ist ein Geheimrezept von mir gegen übellaunige Morgenmuffel: Mit Kaffeeduft geweckt zu werden, hebt die Stimmung. Und unsere modernen Kaffeemaschinen machen es uns ja leicht, diesen Duft ohne Mühe ins Haus zu zaubern.

Meine erste Morgenhandlung ist das Füttern von Hunden und Katzen. Sherry, der absolut unerzogen zu uns kam, hat nun etwas ganz Wichtiges gelernt: Er wird höflich gebeten, sich in den Korridor zu begeben. Er hat begriffen, dass es da Frühstück für ihn gibt. Aber dass er zuerst «Sitz!» machen muss und dann «waaaarten!». Anfänglich war das mit Jaulen verbunden, sodass das ganze Haus (und mit ihm meine Nerven) erbebte. Nun sitzt er ohne einen Mucks brav da, manchmal auch fünf Minuten lang. Eben: Bis ich ihm seinen Futternapf hinstelle, ihn streichle, nochmals «waarten» befehle.

Ja, ja, ich weiss, das hat mit Hundeerziehung zu tun und nicht mit Älterwerden. Nur: Ich habe schon einige Male beobachtet, dass gerade ältere Leute zum ersten Mal einen Hund halten und – weil sie mit ihm nicht zurechtkommen – ihn nach einiger Zeit wieder im Tierheim abgeben.

Also: Dann füttere ich Wuschi und die beiden Katzen in unserer Sommerküche. Sie ist nur vom Hof aus zugänglich und wird – ihr Name sagt es – im Sommer dann benützt, wenn wir im Hof essen können, und während des ganzen Jahres, um Konfitüren zu kochen. Sie ist nämlich nicht heizbar.

Diese Fütterzeremonie lasse ich mir nie nehmen. Sie ist für mich so eine Art Morgenandacht. Ich fühle mich überhaupt nicht ketzerisch, wenn ich das hier schreibe. Da ist zuerst einmal das Öffnen der Haustür. Der Frühmorgenblick auf «meine kleine, grosse Welt». Ich grüsse den Hof mit dem Steintisch und den Bänken, weiter hinten die Ställe, die Olimpio und Odivio gehören. Ich sehe unsern eigenen Stall, in dem die Esel und das Liseli untergebracht sind. Die Strassenlaternen brennen noch zwischen den paar Häusern des

Dorfes. Dahinter glitzert der Fluss, schlängelt sich durch die Steine, den Wäldern entlang. Die Zacken einiger Bergspitzen sind schon von einer rosaroten Sonne beschienen. Alles liegt unter einer etwa vierzig Zentimeter hohen Schneedecke. Scheint zu schlafen. «Lieber Gott», sage ich, «ich danke dir, dass ich auch diesen Morgen erleben darf.» Und dann – und das habe ich noch kaum jemandem verraten –, dann schaue ich nochmals zu den Bergspitzen und grüsse meinen vor einem Jahr verstorbenen jüngeren Bruder Christian. Ich weiss, dass er da oben irgendwo ist und auf mich herunterschaut. Und irgendwann werde ich neben ihm sitzen und kontrollieren, was «die da unten» machen ...

«Mein Vieh», so nenne ich zärtlich Wuschi und die beiden Katzen, sitzt vor der Küchentür. Susi hat sie schon früher herausgelassen. Ich bereite das Futter vor, mit Zusätzen von homöopathischen Mitteln für meine beiden alten Tiere plus Hefetabletten für die gesamte Mannschaft. Zuerst bekommen die Katzen ihr Futter im Freien, dann Wuschi in der Küche. Sherry im Korridor. Jedes wird auch mit einer entsprechenden Streicheleinheit versehen. Wuschi weiss, dass er in der Küche nun waaaarten muss, bis er seine fünf Hefetabletten bekommt. Er nimmt sie einzeln ganz, ganz zart von meinen Fingerspitzen. Ich glaube, er kann bis fünf zählen. Denn wenn ich aus Versehen weniger bereithalte, bleibt er mit wartendem Blick stur sitzen. Wenn die Katzen ihre Tellerchen verlassen haben (da ist meist noch etwas drin), dann darf Wuschi sie ausschlecken. Zugegeben, manchmal, wenn ich unaufmerksam bin, macht er sich schon ans Ausschlecken, bevor die Katzen weg sind. Dann zeigt ihm aber Herr Meier die Krallen.

Futtergeschirre waschen, gleich füllen mit den Mahlzeiten, die für den Abend vorgesehen sind. Das hat den Vorteil, dass die Tiere nie Futter direkt aus dem Kühlschrank gereicht bekommen. Und den weiteren Vorteil, dass es abends schneller geht.

Susi hat unterdessen die Esel gefüttert und gestriegelt, im Eselstall-Dachstock die Heizung eingeschaltet, dem Geflügel das Futter hingestellt und alle ins Freie gelassen. Der Gänseteich war zugefroren und musste aufgeschlagen werden. Früher hat Susi das jeweils mit dem Stiefelabsatz gemacht. Seit sie aber einmal durchs Eis eingebrochen ist und demzufolge ein sehr kühles Bad genommen hat, steht ein richtiger Pickel für diese Tätigkeit an einem geeigneten Ort. Obwohl sie das von meinen Morgenandachtsgedanken noch nie gehört hat, weiss ich, dass es ihr genau gleich geht: Auch für sie ist die Arbeit mit und für die Tiere Andacht.

Auch Dieter hängt wohl seinen eigenen Andachtsgedanken nach: Er hat als Erstes die Aufgabe, unseren Ofen einzuheizen, dann das Kaminfeuer im Wohnzimmer vorzubereiten. In meinem Haus wird mit Holz geheizt. Wir wohnen ja im Wald. Zuerst scharrt er die Asche von gestern in die Aschenschublade des Ofens, holt dann die benötigten feinen und groben Scheiter, bleibt bei seinem Feuer, bis der Thermostat sechzig Grad Celsius anzeigt. Wir behaupten dann immer augenzwinkernd, dass der Dieter meditiert. Dann schliesst er die Luftklappen. Früher war das eine meiner Morgenaufgaben. Ich habe sie ebenso gerne gemacht wie Dieter heute. Er wird auch ähnliche Gedanken haben wie ich. Damit reihe ich mich einfach ein in unzählige Generationen – die ihren Anfang nahmen, als der Mensch entdeckte, wie man ein Feuer entfachen kann. Auch so ein Glücksgefühl: ein Glied in einer unendlich langen Kette sein zu dürfen.

Und während ich dies aufschreibe, streift ein Gedanke, eine Frage meinen Schreibfluss: Bin ich so zufrieden, weil ich mich geborgen fühle durch solch archaische Arbeiten wie das Füttern von Tieren, das Entzünden eines Feuers? Und noch eine Frage (und eine Hoffnung): Kann ich jemandem, der meine Worte liest und dem solche Gedanken bis jetzt fremd gewesen sind, damit ein Glücksgefühl vermitteln?

Aber weiter mit unserm Tagesablauf: Unser sehr einfaches Frühstück dient gleichzeitig dazu, unser Tagesprogramm zu besprechen. Susi sollte das Ladeninventar endlich fertig abschreiben, Dieter wird sich mit Schneeschaufeln und Sandstreuen beschäftigen, Rita hat vor, den Flickkorb zu leeren, ich habe Bürodienst.

Von Rita habe ich noch nicht erzählt. Eigentlich gehört sie auch zu den «Personen der Handlung», ist aber leider nicht ständig bei uns. Sie ist etliche Jahre älter als ich, immer noch bewundernswert fit, ausdauernd. Nur Gartenarbeit macht sie nicht mehr. Der Rücken ... Dafür ist sie äusserst begabt, was alle Handarbeiten und das Kochen anbelangt. Rita ist Italienerin, war mit einem lieben Schweizer verheiratet. Sie ist seit etlichen Jahren verwitwet. Sie teilt ihr Leben äusserst klug ein, indem sie den Kontakt mit vielen Freunden pflegt und diese abwechslungsweise besucht. Alle diese Freunde kennen Ritas Geschick und machen es wohl gleich wie wir: Alles, was an Kleidern zerrissen wird, landet im Korb für Rita. Und wehe, sie kommt und hätte zu wenig zu tun: Dann droht sie damit, gleich wieder umzukehren. Wenn sie genug vom vielen Trubel hat, bleibt sie einige Zeit zu Hause in Basel. Ich nehme mir vor, sie nachzuahmen (falls ich je Lust dazu und dann noch die Kraft hätte).

Was uns – abgesehen von ihrer grossen Hilfe – an Rita besonders gefällt, ist ihre Sprache. Sie spricht gut Schweizerdeutsch, aber eben mit dem italienischen Akzent, den wir alle so gern haben. Beispiel gefällig? Gestern Abend beschloss sie zu versuchen, ob auch sie Schmetterlinge für den Verkauf im Laden häkeln könnte. Ich habe einige solche Schmetterlinge von einer Leserin geschenkt erhalten. Sie sind das, was ich «Kitschlein» nenne und was ich – im Gegensatz zu anderen so genannten Dekors, die ich wie die Pest hasse – eigentlich liebe. Also: Sie setzte sich ans Kaminfeuer mit dem feinsten Häkchen und dem feinsten Garn und häkelte. Auch da bewundere ich sie. Sie hat auch abends noch die Ausdauer, die mir um diese Tageszeit fehlt – abgesehen von ihrer immer noch bewundernswerten Fingerfertigkeit.

Heute Morgen lag also dieser Schmetterlingsversuch auf dem Frühstückstisch. Irgendetwas allerdings stimmte nicht mit dem Meisterstück. «Is er alt e bisseli e komise, vergehrte Smatterling – er ist eben ein bisschen ein seltsamer, verkehrter Schmetterling», erklärte sie mir. Wir fanden dann auch die Ursache der Seltsamkeit. Und morgen wird wahrscheinlich ein perfekter Schmetterling da sein.

Irgendwann während des Frühstücks klingelt das Telefon. Beate ruft an. Sie ist für ein paar Tage nach Deutschland gefahren. Hanneli hat Fastnachtsferien und besucht den Papa und die Grosseltern. Wir geben ihr eine Bestellung auf für Lebensmittel, die sie mitbringen soll.

Nach dem Frühstück verziehe ich mich in mein Büro. Ich glaube kaum, dass es irgendwo noch andere Schreiberlinge gibt, die auf ein solch spezielles Büro stolz sein können. Es befindet sich nämlich nicht im Haus, sondern im Dachstock des Eselstalls (deshalb hat Susi die Heizung dort eingeschaltet). Vor etlichen Jahren haben Adi und Conny mich gefragt, ob sie diesen Raum ausbauen dürften. Sie isolierten das Steindach aufs Sorgfältigste, brachten eine schöne Täferung an, legten die elektrischen Leitungen für Licht und Heizung, einen ebenfalls isolierten Boden. Das ist jetzt also mein Büro. Ich ziehe meine Stallstiefel an, denn ich muss durch den Schnee stapfen, auf dem Schafs- und Eselmist liegen kann. Dieter hat den Weg mit Sand bestreut und die Steintreppe vom Schnee befreit. Wer mich zu meinem Büro gehen sieht, vermutet ganz bestimmt nicht, was ich da vorhabe: Ich habe – an Stelle einer Mappe – einen Korb, wie man ihn zur Traubenernte braucht. Da drin sind die Papiere, die ich gerade benötige, mein Handy, Adressbuch und Terminkalender, ein paar Disketten. Beim Gartentor erwarten mich die beiden Esel und das Liseli. Sie wissen, dass ich ihnen ein Stückchen hartes Brot mitgebracht habe. Und dann folgen sie mir, damit sie eventuell, bitte, bitte, nochmals ein Stückchen Brot bekommen. Alpaufzug im Winter im Tessin? Nein, bei mir eben Marsch ins Büro!

Susi hat eine Liste der Personen, denen sie meine Handynummer geben darf und die mich somit im Büro stören dürfen. Für die andern bin ich eben erst beim Mittagessen wieder erreichbar.

Das ist nämlich auch so eine Alterserscheinung. Wenn ich in meinem Arbeitsfluss gestört, unterbrochen werde, brauche ich Zeit, um wieder weiterzuschreiben. Das seien altersbedingte Konzentrationsstörungen. Die machen mich dann nervös, oder – ich weiss nicht, ob man dieses Wort auch in der Schriftsprache verwenden darf – ich werde hässig. Dann geht gar nichts mehr. Und ich werde deshalb noch hässiger …

Irgendwann im Laufe des Vormittags scheint die Sonne in mein Büro. Das war – solange ich noch mit der Schreibmaschine arbeitete – die reine Wonne. Jetzt muss ich die Sonne aussperren. Susi hat mir dafür extra einen Rollstoren am Fenster angebracht. Das heisst, ich kann, wenn ich über etwas nachdenke, nicht mehr zum Fenster hinausschauen und die Schönheit der Landschaft auf mich wirken lassen. Der Blick aus meinem Bürofenster ist nämlich umwerfend: Direkt unter mir sind Odivios von Mäuerchen umrandete Weiden, dahinter wiederum der Fluss, die Wälder, die Berge. Jetzt alles schneebedeckt.

Ich weiss, es gibt viele Menschen, die sind in bedrückter Stimmung, wenn sie zu lange im Schnee leben müssen. Beate gehört zum Beispiel dazu. Sie verbringt ja auch den ersten Winter bei uns und glaubte nach dem ersten Schneefall, der Winter sei nun vorbei. Susi und ich empfinden das anders. Schnee macht zwar Mühe, verzaubert aber die Landschaft. Aber wir sind eben beide in den Bergen aufgewachsen.

Irgendjemand hat einmal behauptet, in der Art Landschaft, in der man aufgewachsen sei, fühle man sich am wohlsten.

Gegen Mittag stapfe ich wieder ins Haus. Susi hat irgendetwas Feines gekocht. Die Hunde empfangen mich bellend. Es riecht fein im Haus. Eine Mischung aus Holzfeuer, Spaghettisauce und Kuchen. Rita hat Amaretti für den Laden gebacken. Heute ist es zu kalt zum Mittagessen im Hof. Das nehmen wir nämlich – wenn das Thermometer mehr als zehn Grad zeigt – auf Schaffellen sitzend und mit dicken Pullovern bekleidet im Freien ein. Früher waren Susi und ich abgehärteter. Da assen wir manchmal draussen, auch wenn es unter null Grad kalt (oder warm?) war. Unsere neuen Hausbewohner streiken bei einem solchen Ansinnen. Schön, dass sie bereit sind, sich mit zehn Grad zu begnügen.

Kaffeepause, einen Blick in die angekommene Post werfen, Susi daran erinnern, dass es dringend nötig wäre, die Hunde zu einem Spaziergang auszuführen, weiterarbeiten, bis es wiederum Zeit ist, mein «Vieh» zu füttern. Dafür brauche ich nicht auf die Uhr zu schauen. Dieter hat jeweils Abenddienst für die Esel und das Liseli. Ich höre also seine Brummstimme, das Klingeln der Glocken, vielleicht ein Mähmäh oder das Seufzen eines Esels. Wer Esel nicht kennt – sie haben einen rührenden Laut, jemanden, den sie kennen, freudig zu begrüssen: Sie seufzen, wie einer, den ein tiefer Kummer bedrückt.

Nachtessen am Kamin. Nachher strickt Susi an ihrem dreiundzwanzigsten Sockenpaar für den Laden, Rita macht sich an den neunten Smatterling, der hoffentlich nicht «verkehrt» sein wird, und dann – und das ist nun eine wahre Alterserscheinung bei mir –, dann verziehe ich mich. «Dein Name sei Gummi, der verzieht sich auch», bemerkt dann Susi.

Früher wurde es sehr oft spät. Einfach, weil wir zusammensassen, vielleicht Handarbeiten machten, zum Beispiel auch Wolle spannen. Heute schaffe ich das nicht mehr. Ich brauche noch Zeit für mich allein. Freizeit. Zum Lesen zum Beispiel. Manchmal schlafe ich auch schon sehr bald ein. Meine Augen mögen eben auch nicht mehr so wie früher.

Diese Geständnisse mögen viele trösten, die neidisch sind auf meine Schaffenskraft. Aber auch die hat eben immer engere Grenzen, ist wahrscheinlich noch so gross, weil ich mir mindestens acht Stunden Schlaf gönne. Ob ich deswegen traurig sein soll? Ich denke, wenn die Traurigkeit etwas nützen würde, dann wäre ich es. So aber ist es besser (und schlauer), diese Tatsachen zu akzeptieren.

Und jetzt stelle ich fest, dass dieser Tag ein Tag ohne unerwartete Ereignisse war.

Computer: Ja gerne!

«Ich und Computer? Nein danke!» So kann der Mensch sich irren.

Vor sechs, sieben Jahren habe ich ihn abgelehnt. Und heute kann ich es mir nicht mehr vorstellen, wie ich all meine vielen Schreibjahre ohne ihn habe bewältigen können. Gut, bei etlichen Tagebüchern war Susi da, die eifrig am Nachmittag das abschrieb, was ich am Morgen produziert hatte. Produziert mit vielem, was mit xxxxxx wieder durchgestrichen worden war, mit von Hand angebrachten, oft kaum leserlichen Korrekturen. Es gab Seiten, die sahen eher aus wie Schlachtfelder, und ich fand mich oft selbst kaum noch darin zurecht. Aber da war Susi, die am nächsten Nachmittag denselben Text nochmals ins Reine schrieb, weil ich ihn nochmals korrigiert hatte. Und dann nochmals und (Susi ist ein sehr geduldiger Mensch) nochmals.

Und dann ging Susi weg. Und der Verlag wollte Kochbücher, Kochbücher. Da liste ich zuerst immer die für ein Rezept benötigten Zutaten genau in der Reihenfolge auf, wie man sie nach der Rezeptbeschreibung braucht. Beispiel: «Man dämpft eine gehackte Zwiebel in Butter.» Verd..., zuerst kommt die Butter, die man ja schmelzen muss, bevor man die Zwiebel beigibt. Mit dem Computer ist eine solche Änderung keiner Erwähnung wert. Mit der Schreibmaschine muss das mühsam korrigiert werden. Die Kochrezeptschreiberei war schuld daran, dass ich mich seufzend entschloss, einen Computer zu Hilfe zu nehmen. Aber ich brauchte auch noch einen Lehrer. Bei uns im Tessin einen Kurs besuchen zu wollen, war ein hoffnungsloses Unterfangen. Solche Kurse gibt es in Locarno. Eine Stunde Autofahrt hin, eine Stunde Autofahrt wieder heim. Das ist nichts mehr für mich.

Derjenige, der mir die Vorzüge eines Computers in glühenden Farben geschildert hatte, war Michael, der Fotograf etlicher unserer Kochbücher. Er war bereit, mir die Grundregeln der Bedienung eines Computers beizubringen. Ich schildere nachfolgend seine Pädagogik, weil ich denke, auf diese Art ist es für einen älteren Menschen am einfachsten, sich mit dem Computer, seinen Vorteilen und seinen Tücken vertraut zu machen: Ich brachte meinen Computer zu Michael und durfte während zweier Wochen bei ihm arbeiten, also ein neues Kochbuch schreiben und Michael jedes Mal um Hilfe rufen, wenn irgendetwas nicht so ging, wie ich es wollte. Eines hat Michael mir gleich beigebracht: Ich darf nicht versuchen herauszufinden, wie und wieso ein Computer funktioniert. Da könnte ich mich nämlich glatt hintersinnen.

Ich weiss nicht, ob es einfacher oder schwieriger ist, wenn man vorher gewohnt war an die Schreibmaschine. Die Umstellung auf die Arbeit am Computer hat mir einige Mühe bereitet. Gut, das Schreiben an sich geht natürlich einfacher, wenn man das Zehnfingersystem beherrscht. Aber wie ich immer wieder feststelle, gibt es unzählige Spezialisten am Computer, die bearbeiten ihn mit dem System «Adlerstich», das heisst mit dem Tippen mit zwei Fingern. Nun habe ich also an Stelle des gewohnten Papierblattes meinen Bildschirm. Die Einstellung der Ränder und des Zeilenabstandes ist einfach zu lernen. Die Möglichkeit, Tippfehler durch Knopfdruck Buchstabe für Buchstabe oder gleich sätzeweit zu korrigieren, ganze Textteile am einen Ort auszuschneiden und an einem andern Ort wieder einzusetzen, kann mich richtiggehend begeistern. Aber was, wenn mein kleiner Drucker streikt, weil er für die auszudruckenden Seiten nicht genug Papier im Fach hat, wenn die Zeilenschaltung immer und immer wieder zurückhüpft auf «einfach»», obwohl ich es doch gewohnt bin, mein Manuskript abzugeben geschrieben mit eineinhalbfacher Zeilenschaltung? Wenn der Tabulator plötzlich verrückt spielt? Wenn ...

Ach was, es hat keinen Sinn, all diese Möglichkeiten zu schildern, die Anlass sind zum geheimen Wunsch, dieses Ding zum Mindesten aus dem Fenster, besser noch, in die Verzasca zu werfen! Michael hatte Geduld mit mir. Und ich hatte schliesslich den Mut, das Ding mit nach Hause zu nehmen und zu versuchen, allein damit zurechtzukommen. Für Notfälle war ja unsere private Hotline da: Michael oder einer seiner beiden Söhne. Nur: Die Letzteren fummeln in derartigem Tempo auf diesen Maschinen herum, dass meine alten Augen, ganz zu schweigen von meinem alten Hirn, meinem ganzen alten Wesen, überfordert sind. Und was nützt es mir, wenn sie wohl einen Fehler beheben, mir aber nicht erklären können, wie ich das nächstes Mal selbst machen kann? Papa Michael schreitet dann ein und erklärt mir alles nochmals. Laaangsam. Dafür werde ich ihm bis an mein Lebensende dankbar sein.

Mittlerweile sind etliche Jahre ins Land gegangen. Ich habe das, was ich Michael an Computerkenntnissen verdanke, weitergeben können an Susi. Sie versucht, irgendetwas zu schreiben oder das Kassabuch nachzuführen. Ich bin in der Nähe, um im Notfall zu Hilfe zu kommen. Das ist ein ideales System, um dieses Handwerk zu erlernen. «Learning by doing» heisst das auf gut Neudeutsch. Auf «Alt» übersetzt: «Lernen, indem man es tut.»

In der Zwischenzeit habe ich mein Laptop (das ist ein tragbarer Computer, bei dem sich der Bildschirm auf der Innenseite des Deckels befindet, der die Tastatur schützt) schätzen, um nicht zu sagen lieben gelernt. Er ist mir sympathisch geworden. Ich habe mein gesamtes Büro in einem Maschinchen, das nicht einmal zwei Kilogramm wiegt. Michael und seine Familie singen jedes Mal, wenn ich den Apparat einschalte, «Happy birthday». Das hat Michael so programmiert zu Beginn meiner Lehre bei ihm, der genau auf das Datum meines Geburtstags fiel. Ich kann alles, was ich im Laufe eines Jahres geschrieben habe, Manuskripte, Briefe, Formulare, Adressen, Terminkalender, einfach alles, jederzeit abrufen. Wenn das keine Erleichterung ist?

Ja, und was macht nun jemand, der zum Beispiel im Altersheim lebt, mit einem Computer? Da ist einerseits die Möglichkeit des Surfens im Internet. Mühelos Museen besuchen. Wissen, was für Wetter jetzt gerade in Sydney herrscht. Korrespondieren mit der ganzen Welt. Alle diese Möglichkeiten kann man auch im dicksten Buch nicht aufzählen. Oder die Computerarbeit am Schreibtisch: Vielleicht hat er irgendeine Sammlung, die er katalogisieren kann. So bekommt er Ordnung in seine Dias. So vergisst er keine wichtigen Termine mehr. Und wie wäre es, wenn die Familienrezepte für die Enkel und Enkelinnen ordentlich getippt und ausgedruckt beim nächsten Fest verteilt würden?

Nein, es gibt keine Computerfirma, die mir einen Auftrag zur Werbung für Computer im Alter erteilt hat, aber wenn ich einen Slogan erfinden müsste: «Adieu Einsamkeit, willkommen Computer.» «Computer ersetzt viel Hirnarbeit.» «Spass im Alter gesucht? Computer gekauft.» Ich mag meinen Computer so sehr, dass er – ich weiss gar nicht mehr, wie das kam – einen Namen bekam: Er ist «mein Herbert».

Ich weiss, böse Zungen sagen jetzt hinter vorgehaltener Hand: «Wenn sie schon keinen Mann will, so hat sie hier doch ihren Computer.»

Der Herbert ist nun schon in die Jahre gekommen. Er will nicht mehr ganz so, wie ich ihn bräuchte. Es gibt zum Beispiel keine Möglichkeit, ihn ans Internet anzuschliessen. Darum darf er jetzt im Koffer in Baden-Baden bleiben. Zu Hause arbeite ich mit seinem neuen Kollegen, dem Hugo. Alles, was ich auf dem einen schreibe, speichere ich auf Disketten und überspiele es nach meiner Hinfahrt nach Baden-Baden oder nach meiner Herfahrt ins Tessin von einem zum andern.

So, und jetzt höre ich zum Beispiel die Frage: «Was ist eine Diskette?» Was ist «überspielen?» Es soll Lehrbücher geben für Senioren. Es soll. Aber ich habe noch keines gefunden, das mir Antwort auf *meine* Fragen hat geben können, obwohl ich in jeder Buchhandlung, in der ich signiere, die neuste Literatur auf diesem Gebiet zumindest durchblättere, oft auch kaufe. Vielleicht schreibe ich selbst eines – wer weiss?

Noch ein PS zu diesem Kapitel: Meine E-Mail-Adresse ist kathrinruegg@bluewin.ch, und meine Homepage ist www.kathrin-ruegg.ch. Ich freue mich auf den Besuch meiner Leserinnen und Leser. Es gibt auf der Homepage auch ein Gästebuch, in das man seine Kommentare (Komplimente genauso wie Reklamationen) schreiben kann. So kann man sogar die Portospesen sparen …

Handy: Macht das Leben einfacher

Wenn ich die Wahl hätte, eine einzige Errungenschaft der Neuzeit auf eine einsame Insel mitnehmen zu dürfen, würde ich einige Zeit schwanken zwischen Waschmaschine, Computer und Handy. Und mich dann wahrscheinlich für das Handy entscheiden.

Jetzt höre ich entsetzte Protestschreie: «Die schädlichen Handystrahlungen.» «Und wie kompliziert das ist, bis ich es bedienen kann, nein, danke!» «Und denke an die Abhängigkeit davon ...» Bestimmt gibt es noch einige andere Argumente, denen ich mich einerseits gar nicht verschliesse. Aber in meinem Fall ist es andererseits so, dass mein Leben dank des Handys um etliches einfacher und deshalb nerven- und zeitsparender geworden ist. Ausserdem sehe ich bei meinem Nachbarn Fabiano, der im Sommer seine Kühe auf der Alp über unserm Dorf weidet, was für eine enorme Erleichterung diese Mobilität für ihn bringt. Zugegeben: Ein Beispiel wie Fabiano gehört nicht in ein Buch über und für alternde Menschen. Er ist kaum dreissig Jahre alt.

Deshalb zu mir: Mein erstes Handy war «Modell Feuerstein» – also sozusagen steinzeitlich. Ein Ding beinahe so gross wie ein Backstein. Mit einem ebenso grossen Aufladegerät. Ich brauchte auch einige Zeit und viel Geduld, um zu lernen, wie man mit diesem Ding umgeht. Aaaber: Da bin ich also auf meiner Signierreise, weiss, dass ich in einer Stunde etwa hundert Kilometer weiter in der Buchhandlung erwartet werde – und stecke im Stau! Früher war es so, dass ich dann meinen Fahrer (der sowieso schon nervös war) bitten musste, bei der nächsten Autobahnraststätte anzuhalten, damit ich den Buchhändler anrufen konnte. Hatte ich Pech, war nicht genug Kleingeld in meinem Geldbeutel. Wechseln, wo möglich an der Kasse Schlange stehen, dabei von einem Fuss auf den andern treten. Durch dieses Vorgehen verzögerte sich meine Ankunft natürlich noch mehr. Nur: Der Buchhändler wusste um den Grund meiner Verspätung und konnte wartende Leser entsprechend orientieren. Aber der Fahrer war unterdessen noch nervöser geworden. Das bedeutete erhöhte Unfallgefahr. Kannte ich den genauen Weg zur Buchhandlung nicht, musste umständlich gefragt werden. Wie oft habe ich dann die Antwort bekommen: «Ich nix deutsch.» Heute rufe ich vom Handy aus den Buchhändler an, orientiere ihn, frage ihn eventuell auch noch nach dem genauen Weg, sogar nach dem nächstgelegenen Parkplatz. Voilà.

Eines sei älteren Handybenutzern empfohlen: Nehmen Sie sich Zeit, die Gebrauchsanweisung nicht nur zu studieren, sondern die einzelnen Schritte auch auszuprobieren. So lange, bis sie sitzen. «Ich verstehe sowieso nur Bahnhof» gilt nicht! Zugegeben, das braucht Geduld. Und Geduld ist in unserm Alter vielleicht nicht unbedingt die grösste Tugend. Und noch eine Empfehlung für junge Lehrmeister, die Senioren die Handhabung des Handys beibringen: Habt Geduld mit euern Schülern. Geduld ist im jugendlichen Alter vielleicht nicht unbedingt die grösste Tugend. Ein Grund mehr, sie für später zu üben.

Was man nicht tun soll: Das Handy im Auto eingeschaltet lassen, wenn man es nicht braucht. Die Strahlungsdichte sei hier zu gross. Geheimtrick, um denen zu Hause zu melden, dass das Handy eingeschaltet ist: Zu einer bestimmten Uhrzeit anrufen, nach Absprache ein- bis zweimal läuten lassen, wieder aufhängen, Handy nach einigen Minuten wieder ausschalten. Wenn von zu Hause aus Kontakt gewünscht ist, sollen sie jetzt anrufen (kommt erst noch billiger zu stehen als Handygesprächstaxen). Ebenso: Es an einem Ort aufbewahren, der wenn immer möglich einige Meter vom Körper entfernt ist. Nicht unnütz telefonieren. Wird man angerufen, den Gesprächspartner darauf aufmerksam machen, dass der Akku beinahe leer ist, damit er sich kurz fasst. Das kann eine entschuldbare Notlüge sein.

Wer ein Handy hat, soll es auf Berg- oder Skitouren unbedingt mitnehmen. Ich kenne zwei Fälle, in denen durch das Handy Leben gerettet werden konnten. Da fällt mir eine komische Geschichte ein, die sich vor zwei Jahren zugetragen hat: Es war an Weihnachten. Ich war kurz vorher von einer Signierreise heimgekommen und wünschte mir nichts sehnlicher, als die Feiertage ganz allein zu verbringen. Nun ist das bei mir nicht ganz ungefährlich. Ich könnte – sei das im Haus oder draussen – umfallen und nicht fähig sein aufzustehen. Würde das im Freien passieren, würde man mich am nächsten Morgen tiefgekühlt auffinden. «Kein Problem, ich habe ja mein Handy.» Wenn ich ins Freie ging, steckte ich es immer in meine Hosentasche (obwohl man das ja eben nicht tun soll).

Eines Abends sass ich vor dem Fernseher. Mein Wuschihund hat eine eklige Angewohnheit, dass er – wenn er ins Freie will – mich so lange plagt, bis ich alles stehen und liegen lasse und einen kleinen Spaziergang mit ihm mache. Nur ein paar Schritte vors Gartentor, die Treppen hinunter bis zur Brücke. Das machte ich also, glitt auf dem Eis aus und stürzte ein paar Stufen hinunter. Nein. Ich habe mir nicht wehgetan. Und wenn – so dachte ich: Ich hätte ja das Handy gottlob bei mir gehabt. Hoffentlich war es beim Sturz nicht kaputtgegangen. Ich zog es aus der Hosentasche. Da war zwar kein Handy drin, aber – die Fernbedienung des Fernsehapparates … Ich hörte sie förmlich flattern, die Schutzengelchen, die mich da behütet hatten.

PS. Allerdings: Was würde mir ein Handy, auch eine Waschmaschine oder ein Computer auf meiner einsamen Insel nützen, wenn es da keinen Strom gäbe??

Mödeli: Ja, ich habe Macken

Auf Hochdeutsch müsste diese Überschrift korrekterweise «Macken» heissen, meinetwegen auch «Verschrobenheit». Aber diese Wörter haben einen etwas strengen Unterton. «Eigenheiten» oder «Angewohnheiten» wäre vielleicht noch etwas versöhnlicher. Ich bleibe bei «Mödeli». Das Wort hat so etwas Liebenswürdiges (obwohl ich denke, dass das, was ich hier so liebenswürdig «Mödeli» nenne, meinen Hausgenossinnen und -genossen manchmal vielleicht mächtig auf den Keks gehen kann; ich weiss es nicht, könnte es mir aber vorstellen).

Ich gestehe es, ich habe meine Mödeli. Seit meinem siebzigsten Altersjahr pflege ich sie geradezu. Als Gegenleistung bin ich bereit, auch bei meinen jüngeren Mitmenschen ein grosses Mass an Mödeli zu akzeptieren. Ich habe beim Schreiben dieses Kapitels einmal mehr den Hintergedanken an «Geteiltes Leid ist halbes Leid», das heisst die Hoffnung, dass manche meiner Leserinnen und Leser einerseits die eigenen Mödeli erkennen und den Jüngeren gegenüber versuchen, tolerant zu sein.

Es gehört zu meinen Gedanken über das Altwerden auch, mich selbst zu beobachten. Zu versuchen, mich so zu beobachten, wie wenn ich ein zweigeteilter Mensch wäre. Der eine agiert, der andere beobachtet. Da wäre einmal die Tatsache, dass ich irgendein Erlebnis oder einen Witz (da habe ich einige schöne und auch schön saftige auf Lager) derselben Person mehr als einmal erzähle. Ich habe mir zwar angewöhnt, zum Voraus zu sagen: «Ich weiss nicht, ob ich dir das schon einmal gesagt habe ...»

Dann stelle ich zum Beispiel seit einiger Zeit fest, dass ich es absolut hasse und mich beherrschen muss, um nicht zu energisch abzuwehren, wenn mir jemand zu Hilfe eilen will. So etwas Idiotisches, das das zweite Ich überhaupt nicht verstehen will, dem ersten Ich bei Spontanreaktionen aber trotzdem immer wieder passiert. Da kann ich mich beherrschen wollen, wie ich will. Es geht sogar so weit, dass ich mich von der Strasse abwende, wenn ich ein Auto heranfahren sehe, damit dieses Auto am Fussgängerstreifen nicht wegen mir stoppen muss. Ich selbst sage mir, dass das total beknackt ist. Aber bei der nächsten Situation passiert mir dasselbe wieder. Was hilft dabei? Üben, üben, lächeln, danke schön sagen. ... und beim nächsten Angebot eines liebenswürdigen Menschen reagiere ich trotzdem wieder unhöflich abweisend.

Eine Entschuldigung habe ich allerdings: Vor etlichen Jahren – ich hatte einen Rückenwirbel gebrochen – empfahl mir die Ärztin, mir möglichst selbst zu helfen zu versuchen. Nicht auf die Aufmerksamkeit und Hilfsbereitschaft meiner Umgebung zu zählen. «Das erspart Ihnen ein paar Jahre Rollstuhl.» Mag sein, dass dieser Rat so tief in mir drin sitzt, dass ich jetzt so heftig reagiere.

Zwei Möglichkeiten habe ich, um meine Abwehr nicht so unhöflich erscheinen zu lassen: Ich erzähle dem, der mir helfen will, den erwähnten Rat meiner Ärztin und füge noch bei, dass ich eben «gerne selbst gross» sein möchte. Und dass ich dann, wenn ich Hilfe brauche, ungeniert um diese bitte. Ich mag es auch nicht, wenn man mir aus purer Höflichkeit oder aus Rücksicht auf mein Alter beim Fahren im Auto unbedingt den Sitz neben dem Fahrer anbietet. Aber da habe ich jetzt einen Trick herausgefunden. Ich wünsche, hinten zu sitzen, damit ich – wie die Königin Elizabeth – den Leuten huldvoll zuwinken kann ... Komisch: Dieser Wunsch wirkt!

Aber da gibt es eine weitere seltsame Abneigung: Ich hasse Feste, die mir zuliebe gegeben werden. Zum Beispiel Geburtstage. Wenn immer möglich verstecke ich mich irgendwo, wo dieses «Happy birthday»-Gesinge nicht bis zu mir dringt. Da fragt das eine Ich das andere, weshalb es denn so blöd sei. Und ich weiss keine Antwort darauf. Da müsste vielleicht ein Psychologe helfen. Aber deswegen einen Psychologen aufsuchen, wo ich doch sonst – vielleicht bilde ich mir das nur ein – ziemlich normal bin?

Eine Erklärung habe ich zwar: In meinem Elternhaus war «Geburtstag feiern» eigentlich kein Thema. Ich habe es schon einmal erwähnt: Ich weiss auch heute einzig die Geburtstage meiner Eltern und meines Bruders auswendig. Nein, da wäre noch Susis Geburtstag. Den weiss ich aber bloss, weil er am ersten August, also an unserm Nationalfeiertag ist. Damit hat es sich. Und weiter geht es damit, dass ich mit schöner Regelmässigkeit vergesse, irgendjemandem zum Geburtstag zu gratulieren. Einmal mehr mache ich die Feststellung, wie sehr ich als Kind geprägt worden bin. Weil ich aber nur hier vielleicht einen Grund hätte, meinen Eltern einen Vorwurf zu machen, bleibe ich ganz still und danke ihnen für alles, was sie dafür umso besser gemacht haben.

Ein anderes Mödeli, eines, das ich wirklich pflege, ist das Schlafen bei offenem Fenster. Ich schaffe es nicht – oder meine, es nicht zu schaffen – einzuschlafen, wenn die Fensterflügel nicht ganz weit offen stehen, auch bei tiefsten Temperaturen. Das ist wohl einfach das Resultat von jahrzehntelangem Freiluftleben. Folge davon: eine furchtbar teure Versicherung für ein Spitalbett erster Klasse, damit ich sicher sein kann, mein Zimmer mit niemandem teilen zu müssen und so bei offenem Fenster schlafen zu dürfen. Mödeli können ganz schön teuer werden. Allerdings: Wenn ich dann lese, dass Sauerstoff enorm wichtig ist für die Durchblutung des Hirns, überlege ich mir, dass meine Schlafgewohnheit vielleicht die Ursache dafür ist, dass ich noch ziemlich gut denken und agieren kann. Wenn das so ist, dann pflege ich dieses Mödeli gerne.

Was habe ich sonst noch für Mödeli? Ja, da ist der Vergewisserungszwang. Der wird immer zwingender. Ich muss mich für alles und jedes mindestens doppelt oder – noch viel besser – dreifach absichern. Wenn ich mein Stallbüro verlasse, ziehe ich die Stecker aller benützten elektrischen Geräte raus, schalte die Hauptsicherung ab, schliesse die Tür ab, ziehe meine Stiefel an, schliesse die Tür wieder auf, ziehe meine Stiefel wieder aus, um nachzusehen, ob wirklich alle Stecker rausgezogen sind, schliesse die Tür wieder ab, schliesse sie wieder auf, ziehe meine Stiefel wieder aus. Diesmal muss ich mich vergewissern, ob die Hauptsicherung ausgeschaltet ist. Ich schliesse die Tür wieder ab, dann auch das Stalltor, ziehe meine Stiefel wieder an, öffne das Stalltor nochmals, um zu sehen, ob die innere Tür auch abgeschlossen ist, et cetera, et cetera.

Zu meiner Ehre sei gesagt: Wenn hier infolge eines Kurzschlusses ein Brand entstehen würde, niemand diesen bemerken würde, deshalb meine Esel und das Liseli verbrennen müssten, dann würde ich meines Lebens nicht mehr froh.

Und dann ist da noch das, was ich den Eichhörnchenzwang nenne: Ich muss von allem Vorrat haben. Von Zahnpasta, von Papiertaschentüchern, ganz sicher von Lebensmitteln, von Schachteln, leeren Dosen ... Da könnte man zu meiner Entschuldigung vielleicht sagen, dass bei uns Fehlendes wegen der weiten Einkaufswege meist nicht umgehend ersetzt werden kann.

In anderen Fällen allerdings, wo es nicht um so grundlegende Reserven oder um Vergewisserungen geht, zwinge ich mich selbst, nicht so pingelig zu sein. Allerdings riskiere ich dann, bestraft zu werden, weil ich irgendetwas furchtbar Wichtiges einzukaufen vergessen habe. Wo das möglich ist, kehre ich dann das Unterste zuoberst, finde dieses Wichtige nach langem Suchen – da, wo es eigentlich hingehört.

Gesundheit: Meine persönlichen Tipps

Ich bin dagegen, Krankengeschichten zu erzählen. Wahrscheinlich vor allem deshalb, weil ältere Leute praktisch immer dazu neigen, solche bei jeder sich bietenden Gelegenheit in allen Details auszubreiten. Eigentlich ist es begreiflich: Man erzählt von dem, was einen am meisten beschäftigt.

Und das Thema Gesundheit wird ja mit jedem Lebensjahr, nein, mit jedem Tag wichtiger.

Ich höre auch geduldig zu, wenn mir jemand seine Gebresten schildert. Glücklich jene (wie ich), deren Gedanken sich mehr darum drehen, wie sie die Zeit, die ihnen noch bleibt, möglichst angenehm, das heisst vor allem ohne plagende Schmerzen und einigermassen mobil verbringen können.

Da ist einmal der gesunde Lebenswandel, der allen, die gerne essen, so enorm schwer fällt. Was mich betrifft: Ich bin auch nicht unbedingt mager. Aber eine gewisse Fülle – solange sie mich nicht stört – ermöglicht ein Gesicht mit weniger Falten. Zudem schaden Reserven auch nicht, wenn ich einmal krank werden würde. Damit mein Gewicht so bleibt, wie es ist, habe ich ein einfaches Rezept: FdH = Friss die Hälfte. Ich habe es mir angewöhnt, nie mehr als einmal zu schöpfen, auch dann wenn möglich nur kleine Portionen. Das durchzuhalten, ist vor allem schwer, wenn ich eingeladen bin und meine Freunde mir noch und noch irgendetwas extra für mich Gekochtes, ganz Feines auf den Teller häufen wollen. Ich bin zwar nicht gerne unhöflich. Aber in einem solchen Fall hilft am besten, den Teller nicht zu leeren – auch wenn meine Erziehung mir das eigentlich gebietet.

Vor etlichen Jahren auftretende Allergieanfälle haben mich auch gelehrt, darauf zu achten, was ich esse. Fruchtsäfte aus Konzentrat, Fertig-Mayonnaisen und -Saucen, Päcklisuppen und -saucen, geriebene oder sonst vorverarbeitete Nüsse, Trockenfrüchte, Fertigtees et cetera enthalten oft Konservierungsmittel, die mir nicht zuträglich sind. Das heisst also, solche Produkte möglichst zu meiden, so zu kochen und zu backen, dass ich weiss, was drin ist. Meine Mutter und mein Bruder Christian sind an Darmkrebs gestorben. Grund genug, auf diese offenbar familienbedingte Schwäche zu achten.

Ich kann mich noch erinnern, dass meine Mutter jahrelang unter Verstopfung gelitten hat. Damit mir das möglichst erspart bleibt, gehört es zu meinem abendlichen Ritual, zwei Teelöffel gequetschte Leinsamen in warmem Wasser einzuweichen. Am Morgen trinke ich das – zusammen mit fünfzehn Tropfen Propolis D6. Ich weiss es von meinem Papa, der ein leidenschaftlicher Imker war: Propolis ist das Harz, das die Bienen von den Bäumen sammeln, um im Herbst das Flugloch zu verkleinern, aber auch, wenn eine Maus in ihren Stock eingedrungen ist. Logischerweise stechen sie das Tier tot. Aber das Aas können sie ja nicht entfernen. Sie überziehen die Maus also mit diesem Harz. Der Effekt ist, dass die Maus als Mumie im Stock verbleibt. Die alten Ägypter haben diese desinfizierende Eigenschaft von Propolis bereits gekannt und für die Mumifizierung ihrer Leichen verwendet. Propolis ist also eine Art natürliches Antibiotikum. Das heisst, es hält Viren und Bakterien und somit auch Infektionskrankheiten fern. Nur erzeugt es keine Resistenzerscheinungen wie Antibiotika, ist absolut unschädlich – auch bei jahrelangem Gebrauch. Ich kann es bezeugen.

Andere Theorien sagen, dass Propolis das Immunsystem stärkt. So oder so: Ich bin kaum erkältet. Und wenn, dann geht die Erkältung schnell vorbei. Andere Gebresten kenne ich nicht – abgesehen von arbeitsbedingter Arthrose in den Knien und in den Händen (die ich nicht mehr zu Fäusten ballen kann). Natürlich, wenn ich bergaufwärts gehe zu meinem Haus, dann muss ich ein- oder zweimal eine Pause einlegen, um zu verschnaufen. Es ist mir klar, dass ich das verbessern könnte durch noch mehr Bewegung. Aber dazu fehlt mir irgendwie der Antrieb. Oder erklärt sich das damit, dass ich ehrlich gestanden dazu einfach zu faul bin – oder dass so viele angenehme Aufgaben auf mich warten, dass mich die Zeit für körperliche Ertüchtigung reut?

Zu einem andern Training bin ich aber nie zu faul: Fitness für mein Gehirn ist mir sehr, sehr wichtig. Ich fürchte mich davor, dass meine Konzentrationsfähigkeit nachlässt (manchmal tut sie das auch). Ich gebe mir Mühe, mir die

Namen von Personen zu merken. Bei vielen gelingt mir das – aber plötzlich sind sie mir entfallen. Susi oder Beate trösten mich dann damit, dass es auch ihnen mit ihrem um eine Generation jüngeren Gehirn manchmal so geht. Aber diesen Trost lasse ich nicht gelten. Vielleicht ist das auch eine Marotte: Gewisse Dinge, die ich einfach schriftlich festhalten kann, will ich mir gar nicht merken. Zum Beispiel meine vielen Termine. Dazu habe ich meinen Terminkalender. Wenn ich diesen strikt für jede Terminvereinbarung hervornehmen muss, vergesse ich auch nicht, solche Vereinbarungen gleich einzuschreiben.

Vor etwa fünfzehn Jahren erlitt ich nach einem Sturz auf den Hinterkopf eine Hirnerschütterung. Die Folge war unter anderem eine lästige Gedächtnisschwäche. Meine Ärztin empfahl mir ein Präparat aus Ginkgo. Ich schluckte es brav. Das Gedächtnis wurde besser. Ich setzte das Präparat ab. Die Gedächtnisschwäche kam wieder. Seither nehme ich eine Minimaldosis regelmässig. Vielleicht ist das dafür verantwortlich, dass ich immer noch einen grossen Wortschatz – nicht nur in der deutschen Sprache – habe und mir Telefonnummern merken kann (allerdings komischerweise nur solche mit den Zahlen von eins bis sechs).

Ein PS zum Wortschatz, das allerdings nicht unbedingt mit dem Altwerden zu tun hat, aber amüsant und wahr ist. Zum Glück hatte ich in der Handelsschule eine Sprachlehrerin, die uns einen sehr speziellen Weg zum Üben einer Sprache empfahl: «Wenn du jemanden ein Lied singen hörst, dessen Sprache du lernen willst, versuche, die Liedtexte simultan zu übersetzen.» Ich ertappe mich praktisch jeden Morgen dabei (ich höre gerne Radio während der Morgentoilette), wie ich diesen Rat immer noch befolge. Und manchmal lächle ich dann auch über ihren zweiten Rat, der allerdings – in den meisten Fällen wenigstens – mit dem Jungsein und nicht mit dem Altwerden zu tun hat: «Am allerbesten kann man sich in einer Fremdsprache üben, indem man sich einen Schatz anlächelt, der nur die gewünschte, nicht aber die deutsche Sprache kann.» Aber das gehört eigentlich nicht hierher, und ich kehre – um Verzeihung bittend – zurück zum Gehirn. Ich denke, dass ein Gehirn ähnlich wie ein Computer funktioniert (wie der eigentlich genau funktioniert, begreife ich ja schliesslich auch nicht). Ich habe offenbar eine ziemlich grosse Speicherkapazität, wobei ich vor allem das gespeichert habe, was ich in jüngeren Jahren gelernt habe. Und anderes, Unwichtiges, das werfe ich – wie beim Computer – in den imaginären Papierkorb.

Im Packungsprospekt des Ginkgopräparats lese ich, dass «eine normale Hirnleistung eine gute Durchblutung» verlangt. Und dazu verhilft – neben allem, was dem Gehirn Anregung bringt – eben dieser Extrakt aus Ginkgoblättern. «Zu Risiken und Nebenwirkungen fragen Sie Ihren Arzt oder Apotheker.» Ich kann nur sagen, dass die Hauptwirkung des Präparats bei mir ein gutes Gedächtnis ist. Nebenwirkungen kenne ich keine.

Habe ich irgendwelche Gebresten, versuche ich zuerst, sie mit pflanzlichen Mitteln zu bekämpfen. Zum Glück hatte ich eine Grossmutter, die mir viel beigebracht hat. Wissen, das ich gerne weitergeben möchte. Deshalb gibt es auch ein entsprechendes Buch: «Gesundheit aus meinem Garten».

Ich weiss, ich wiederhole mich, aber auch hier scheint mir der Hinweis angebracht, wie sehr die Erziehung, man kann auch sagen die Prägung, die mir meine Eltern und auch meine Grossmutter haben angedeihen lassen, mein Leben geformt und bereichert hat. Eigentlich möchte ich ein solches Vorgehen allen Eltern ans Herz legen. Ich stelle fest, dass Kinder heutzutage in unendlich vielen Fällen nur noch verhätschelt werden, kein Verantwortungsgefühl anerzogen bekommen. Das macht mich traurig und lässt mich manchmal besorgt fragen, wie unsere Welt in einigen Jahren oder Jahrzehnten aussehen wird. Vielleicht ist es diese Sorge, die mich diese Tatsache immer wieder erwähnen lässt. Allerdings zweifle ich sehr daran, dass dieser Mahnfinger (manche mögen jetzt sagen, dieses ewige Gejammer) auch nur den kleinsten Nutzeffekt hat. Ich habe über dieses Thema letzthin mit meiner Nachbarin Emilia gesprochen, einer über achtzigjährigen Bäuerin. «Darüber mache ich mir doch keine Sorgen», sagte sie. «Ich erlebe es ja nicht mehr ...» Jetzt sitze ich da und überlege mir, ob sie Recht hat. Aber nun bin ich abgeschweift – auch das eine Folge des Alters?

Wenn ich über das Thema Gesundheit schreibe, dann wären auch Augen und Zähne erwähnenswert. Meine Augen – ja, die waren nie sehr gut. Aber sie sind doch scharf genug, um vieles zu sehen. Das hat aber weniger mit der Sehkraft zu tun als mit der Gewohnheit, überall, wo ich bin, alles genau zu beobachten, auf Kleinigkeiten zu achten. Auch das eine Frage der Erziehung. Was ich mir angewöhnt habe: keine Handarbeiten mehr zu machen, für die ich dunkles Garn verwenden muss. Bei künstlichem Licht streiken meine Augen auch mit einer guten Brille. Jammern deswegen? Nein, nützt ja doch nichts. Bessere Lösung: helles Garn.

Anderes Thema: Schlafen. Ich denke, meine immer noch einigermassen gute Schaffenskraft hängt auch damit zusammen, dass ich mir relativ viel Schlaf gönne. Dass ich zum Schlafen immer ganz weit offene Fenster brauche, habe ich schon beschrieben. Ich habe aber noch eine Einschlafhilfe, von der ich kaum zu schreiben wage, weil sie sooo einfach ist und weil ich wegen der Erwähnung dieser Hilfe vielleicht ausgelacht werde, aber meinetwegen – ich tue es trotzdem: Bettsocken! Handgestrickte Bettsocken aus möglichst weicher, reiner Schafwolle. Schlaftabletten? Habe ich in meinem ganzen Leben noch keine einzige geschluckt. Sogar im Spital, vor einer Gallensteinoperation, habe ich mich geweigert, solche einzunehmen, und habe trotzdem gut geschlafen. Eben wegen meiner Bettsocken.

Fehlt noch das Wassertrinken. Ich achte darauf, meine drei Liter Wasser pro Tag zu trinken.

Und was die Zähne anbelangt? Sie sind immer noch vollständig und intakt. Logisch, dass ich sie besonders sorgfältig pflege. Was ich beobachtet habe: Seitdem ich eine elektrische Zahnbürste benütze, habe ich nicht mehr die geringste Spur von Parodontose. Und mein Zahnarzt, den ich jedes halbe Jahr aufsuche, muss sich zufrieden geben mit dem Honorar für die Kontrolle und das, was man modern Dentalhygiene nennt.

Vielleicht beneidet mich jetzt mancher Leser, manche Leserin. Woran liegt es, dass die einen mit allen möglichen Krankheiten geschlagen werden, die andern gesund und munter bleiben bis ins hohe Alter? Ich habe diese Frage auch bei meinem Bruder gestellt. Als kleines Kind schon hatte er Asthma, das ihn durch sein ganzes Leben begleitete, er hatte schlechte Zähne, war auf alles und jedes allergisch. Und schliesslich ist er an Krebs gestorben. Und ich, die ich sechs Jahre älter bin als er, erfreue mich meiner Gesundheit. Welche Macht ist es, die – abgesehen von unserer eigenen Sorgfalt – über Krank- und Gesundsein entscheidet? Es gibt wohl nur eine Antwort. Ich habe sie gefunden. Seither bin ich getröstet. Aber davon viel später.

Geschenke: Wunsch für mein Stallbüro

Ich weiss längst, dass es fuuurchtbar schwer ist, jemand Älterem etwas zu schenken, was ihm erstens Freude macht und was er zweitens sicher brauchen kann. Gut, Essbares ist immer ein Ausweg, da müsste man aber wissen, was der oder die Beschenkte am liebsten isst (und auch essen darf), und ob in seinem Haus so viele «Mitesser» leben, dass nichts verderben wird.

Ein empfehlenswerter Ausweg für ein Geschenk ist ein hübsch gestalteter Gutschein, wenn möglich für irgendetwas, was man gar nicht kaufen kann, zum Beispiel für die Erledigung bestimmter immer wiederkehrender allgemeiner Haushalt- oder Gartenarbeiten. Ich denke da jetzt zum Beispiel an

3× Geschirr abwaschen
5× mit dem Hund spazieren gehen
2× den Flickkorb leeren
5× die Wäsche bügeln
3× Gartenbeete jäten
5× Garten (oder Balkonblumen) giessen

Hier könnte ich eine seitenlange Liste erstellen.

Bei den genannten Beispielen kann man die entsprechende Anzahl Felder malen, die, natürlich nur nach erfolgter Einzelleistung, durchgekreuzt werden. Und wehe, der oder die Beschenkte hat den Gutschein verloren …

Wenn ich aber verrate, was ich mir zu meinem nächsten Geburtstag wünsche, stosse ich vielleicht auf Kopfschütteln, ich habe es auch meinen Hausgenossen noch nicht mitgeteilt. Doch es ist etwas, was ich eigentlich ganz dringend brauche und was weiss Gott kein Luxus wäre: ein Feuerlöscher für mein Stallbüro! Ich kenne jetzt schon die Einwände: «Das brauchst du doch eigentlich sowieso.» «So etwas Prosaisches!» Meine Entgegnung: «Das kostet Geld. In dem Fall euer Geld und nicht meines.» Oder: «Nehmen wir mal an, ein Papier aus meinem Drucker würde hinunterfallen auf den heissen Ofen. Es würde ein Brand ausbrechen, den ich dank eures Feuerlöschers unter Kontrolle bekomme. Wie dankbar wäre ich für das prosaische Geschenk, und wie stolz wärt ihr, dass ihr mir so etwas Gescheites beschert habt.» Auch da: Es kommt halt auf den Blickwinkel an.

Und jetzt, nachdem ich diesen Text durchgelesen habe, fällt mir noch etwas ein, worüber ich mich sehr freuen würde. Hier kommt noch eine geheime Absicht dazu: Ich habe jetzt die Möglichkeit zu prüfen, ob meine Hausgenossinnen diesen Text auch lesen. Bitte nicht lachen: ein Abonnement für ein monatlich erscheinendes Kreuzworträtselheft! Ich beobachte es bei mir und bei etlichen meiner etwa gleichaltrigen Kollegen: Sie stürzen sich auf Kreuzworträtsel. Auch mein Bruder gehörte dazu. Wahrscheinlich ist es ein Instinkt, sich die Zeit auf diese Art zu vertreiben und gleichzeitig die Hirnzellen anzustrengen, anzuregen. Wer weiss.

Ein anderes Beispiel für ein sinnvolles Geschenk für einen alten Menschen muss ich hier auch noch anfügen: Als meine Stiefmutter fünfundachtzig Jahre alt wurde, war die grosse Frage: Was schenken wir ihr? Ich glaube, meine Schwester Julia war es, die auf die glanzvolle Idee kam: ein Beitrag für ein neues Gebiss! Sie unterbreitete ihrer Mutter diese sinnvolle Idee. Aber nichts da. «Das rentiert sich für mich doch überhaupt nicht mehr», war ihr Bescheid. Wir beschlossen dann, ihr den gesammelten Betrag einfach zur freien Verfügung zu schenken. Damals war sie noch so rüstig, dass sie mit Reisegruppen grössere Reisen unternahm. Für was sie unser Geschenk schliesslich verwendet hat, weiss ich nicht.

Tagebuch, März: Verflixte Sommerzeit

Manchmal wünsche ich mir, ich könnte irgendwo ein von allen Hausbewohnern unbemerktes Tonband laufen lassen. Die Diskussionen, die wir uns am Tisch, vor allem am Frühstückstisch, liefern, sind manchmal kabarettreif. Heute zum Beispiel ging es um die nächste Woche beginnende Sommerzeit. Ich habe es schon erwähnt: Wir passen uns bezüglich unseres Arbeitsbeginns, das heisst bezüglich der Tagwache, dem Sonnenstand an. Natürlich stellen wir unsere Uhren erst an den entsprechenden Daten auch entsprechend um. Aber der Übergang von Sommer- zu Winterzeit und umgekehrt geht so schleichend vor sich, dass man ihn kaum merkt.

Dieses Jahr ist es nun ein bisschen anders. Hanneli muss ja zur Schule. Und da ist nun der Schulbeginn brutal von einem Tag zum andern um eine Stunde vorverschoben. Beate findet, es wäre doch menschenfreundlicher, wenn das in den Schulen so – sagen wir mal – schleichend eingerichtet wäre wie in unserm Haus. Ich stimme ihr zu. Gute Idee. Aber dann wendet Dieter ein, dass das ja schön wäre, wären da nicht die Fahrpläne von Bussen und Eisenbahnen, die Öffnungszeiten von Post- und anderen Büros. Susi erinnert mich an die Zeiten, in denen in den umliegenden Ländern, nicht aber in der Schweiz, die Sommerzeit eingeführt worden war.

«Erinnerst du dich noch an das Fahrplandurcheinander, das bei den internationalen Fahrplänen entstanden ist? An die verwirrten Touristen, die – an ihre jeweilige Zeit gewöhnt – die Anschlusszeiten der lokalen Bahnen im Sommer eine Stunde zu früh suchten?»

«Was – eine Stunde zu früh? Im Sommer ist die Uhr doch um eine Stunde zurückversetzt.» Das war Beate.

Ich: «Nein, voraus.»

Beate beharrt auf ihrer Version.

Susi sagt, sie habe das Gefühl, die Uhr müsse um eine Stunde vorgestellt werden.

Beate: «Nein, zurück.»

«Aber wenn es heute sieben Uhr ist, wird es morgen um diese Zeit sechs Uhr sein.»

«Nein, acht.»

«Weisst du noch, mit Gabi hatten wir schon dasselbe Theater.»

«Und mit Isabelle, Daniela und ich weiss nicht mit wem allem auch.»

Hanneli sitzt dabei und löffelt ihr Müesli. Ich sehe, auch in ihrem Kopf drehen sich die Rädlein.

«Aber, wenn doch Sommerzeit ist, dann bleibt es abends länger hell.»

«Klar, weil die Uhr zurückgestellt wird.»

«Nein, das ist doch logisch, weil sie um eine Stunde vorgestellt wird. Wenn es dann sieben Uhr ist, wäre es eigentlich erst sechs Uhr.»

«Aber», so Susis Einwand, «am Sonntag wird die Uhr doch um zwei Uhr nachts um eine Stunde vorgestellt.»

Mir wirbelt das Hirn im Kopf. Vorstellen? Zurückstellen?

Hanneli findet eine wunderbare Lösung des Problems: «Wir bleiben bis um zwei Uhr nachts auf, stellen dann alle Uhren auf drei Uhr. Mama kann so kontrollieren, ob die Uhren vor- oder zurückgestellt werden müssen.» Ich denke, das Kind hat Talent für die höhere Diplomatie. Und auch Humor. Es blinzelt mir nämlich vergnügt zu. Und was hat das alles nun mit uns alternden Menschen zu tun? Ich denke, die Zeitumstellung würde so allen, nicht nur uns, leichter fallen.

Stress: Disziplin als Gegenmittel

«Uff, haben die mich heute wieder gestresst!»

«Lass mich in Ruhe, bin im Stress!»

Frage ich heute, was das Wort «Stress» denn bedeutet, dann kommt – meist nach einiger Überlegung – die Antwort «zu wenig Zeit» oder «Hetze». Eigentlich wurde das Wort erfunden, um «krank machende Umwelteinflüsse» zu umschreiben. Natürlich kann ständiges Gehetztsein auch krank machen. Genauso wie Lärm oder Hitze oder Kälte oder Rauch oder Gestank. Ganz viel Stress, lies Hetze, lässt sich aber vermeiden. Zum Beispiel durch überlegte Einteilung der verfügbaren Zeit. Ich bin sogar versucht, zu «Einteilung» noch «ausgeklügelt» hinzuzufügen.

Ich mache mir einen regelrechten Sport daraus, mich *nicht* stressen zu lassen. Da kommt mir wieder meine «Erziehung zur Diplizin (die das halbe Leben ist)» zugute. Wenn ich das, was ich tun muss, möglichst sofort erledige, komme ich viel weniger in Zeitnot. Wer weiss, wie viel Unbekanntes noch auf mich zukommt, bis ich diese oder jene Arbeit abgeben, hier oder dort sein muss?

Noch nie, gar nie, bin ich gerügt worden, weil ich irgendetwas zu früh erledigt habe. Aber wenn ich zappelig, weil schon beinahe zu spät, meine Arbeit erledigen soll, womöglich irgendetwas, was ich zu deren Erledigung brauche, im Moment nicht finde, werde ich nervös (bin also gestresst). Ich ärgere mich über mich selbst – und das Resultat lässt dann oft zu wünschen übrig. Nochmals Grund zu Ärger, nochmals Stress. Ich ärgere mich über meinen Ärger. Damit wird der Ärger noch ärger. Das ist wie eine Schraube, die sich abwärts bohrt. Ich werde unwirsch, erzürne mit meiner schlechten Laune meine ganze Umgebung. Die fühlt sich auch gestresst. Das darf nicht sein.

Allerdings, manchmal bin ich auch machtlos dem Stress ausgeliefert. Zum Beispiel dann, wenn ich auf einer Bahnreise irgendwo umsteigen muss. Der Zug auf Bahnsteig 16 wartet vermutlich nicht auf mich, wenn der Zug, mit dem ich auf Bahnsteig 2 ankomme, Verspätung hat, der Fahrstuhl mir die Zunge herausstreckt mit seinem Täfelchen «ausser Betrieb». Ja, da komme ich ins Schwitzen (erstes Anzeichen eines krank machenden Symptoms?). Meist habe ich irgendwie Glück, der Zug steht noch da. Ich sinke in den Sessel. Gott sei Dank!

Kleidung: Der Luxus ist drunter

«Es gibt Menschen, die müssen angestrahlt werden, damit man sie überhaupt beachtet.» Kürzlich habe ich irgendwo dieses Zitat gelesen. Angestrahlt werden, im Scheinwerferlicht stehen, da gehören doch in erster Linie die stilgerechten Kleider dazu.

Es ginge gegen meine gesamte, seit meinem Umzug ins Tessin, meinem Einstieg ins «einfache Leben», praktizierte Lebenseinstellung, wenn ich mich so kleiden würde, wie ich es als Geschäftsfrau in der Stadt zu tun pflegte. Da war ich auf Eleganz bedacht, auf Schuhe mit möglichst hohen Absätzen, auf täglich wechselnde Garderobe, ja sogar auf täglichen Coiffeurbesuch. Das war und ist doch alles nur Schau! Eigentlich der Versuch einer Vorspiegelung falscher Tatsachen. Haben wir, habe ich das nötig?

Allerdings: Stolz bin ich, wenn ich einen schönen, handgestrickten Pullover – eben – zur Schau stellen kann. Wer meint, mit teuren Kleidern Eindruck bei seinen Mitmenschen schinden zu müssen, muss irgendeinen Minderwertigkeitskomplex haben. Ich schliesse mich und mein früheres Leben hier ein.

Gehe ich jetzt ungerecht um mit meinen Mitmenschen, speziell mit meinen Mitschwestern, die glauben, nur kostbar bekleidet und beschuht, zusätzlich mit getuschten Wimpern und geschminkten Lippen unter die Leute gehen zu dürfen? Entschuldigung, jetzt werde ich übereifrig. Natürlich gehören Schminke und Wimperntusche nicht zu den Kleidern.

Klar, um ins Theater oder Konzert zu gehen, soll man sich festlich kleiden. Aber wenn man diese Kleidung für besondere Anlässe aufspart, kann man sie doch umso mehr geniessen. Bei uns genügt es, «sauber und ganz» aufzutreten. Und das halte ich auch so, wenn ich auf meine Signier- und Lesereisen gehe. Ich habe mich im Laufe der letzten mehr als dreissig Jahre so daran gewöhnt, dass ich gar nichts anderes mehr besitze als Pullover, Blusen, Jacken und Jeans. Und ins Theater, ins Konzert? Da habe ich die schöne Ausrede, dass ich mir ein Konzert lieber im Radio oder auf Schallplatten anhöre oder mir manchmal auch im Fernsehen ansehe.

Wofür ich viel Geld in Bezug auf Kleidung ausgebe, ist – bitte nicht den Kopf schütteln – meine Unterwäsche! Ich habe es mir während der zehn Jahre in meinem schlecht heizbaren Haus angewöhnt, auf der nackten Haut Angorawäsche zu tragen. Und im Sommer ungebleichte, natürlich auch ungefärbte Seide oder Baumwolle. Niemals etwas Synthetisches. Die Anschaffung ist zwar enorm teuer. Wenn man aber beim Waschen sorgsam damit umgeht, kann man diese Wäschestücke beinahe jahrzehntelang tragen. Vielleicht genügt schon das Wissen um meine teure Unterwäsche, dass ich nicht das Bedürfnis habe, «angestrahlt» zu werden …

Es gehört zwar nicht direkt zur Kleidung, aber doch zum schönen Aussehen: Ich fühle mich – wenn ich irgendwo offiziell auftreten muss – sicherer, wenn meine Haare schön frisiert sind. Das kommt davon, dass ich im Fernsehen ja notgedrungen auf «schön» gekämmt werde – und das gefällt mir.

Tagebuch, Juli: Schreiben fürs Glücksgefühl!

Schon als Backfisch habe ich in ein Tagebuch geschrieben. Und wenn ich lange Zeit keine Eintragung gemacht hatte, habe ich mich beim «lieben Tagebuch» jeweils entschuldigt und die Gründe für mein Stillschweigen erörtert.

Das könnte ich jetzt eigentlich auch tun. Nur, die Anrede «liebes Tagebuch» wäre falsch. Ich bin es längst gewöhnt, an eine Unzahl von Freundinnen und Freunde (und manchmal auch an ein paar Neider) zu schreiben. Ich meine sogar, dass vor mir einzelne ganz bestimmte Gesichter (unter anderen auch diejenigen meiner beiden Verlegerinnen) sind und nicht der Bildschirm meines Laptops! Ich schreibe also *an* jemanden und nicht *in* weisse Seiten. Was für ein Vorteil das doch ist: Ich denke, ich könnte über lange Zeit hinweg ganz allein hier sitzen und schreiben – und mich keinen Augenblick einsam fühlen. Allein sein ist schön. Sich einsam fühlen muss grässlich sein. Ein gütiges Schicksal hat mich bis anhin davor bewahrt. Wäre das vielleicht ein Tipp für Menschen, die sich einsam fühlen: einen Brief an irgendjemanden schreiben?

Da muss ich eine seltsame Geschichte erwähnen, die mich seit Jahren – nein, seit mehr als einem Jahrzehnt beschäftigt: In einem Altersheim in Deutschland lebt eine Frau, die schrieb mir früher täglich, jetzt noch etwa jede Woche einen Brief. Anrede: «Mein geliebtes Mütterlein.» Sie schildert mir, was sie gestern im Fernsehen gesehen hat, was sie über die allgemeine Weltlage denkt, wie heute ihr Gesundheitszustand ist, sogar, welches Menü sie heute gegessen hat. Seltsamerweise fehlt die Frage nach meinem Wohlbefinden, nach meinen Erlebnissen, ja, ob ich ihre Briefe überhaupt erhalten habe. Sie schickt die Briefe auch nicht direkt an mich, sondern an den Verlag meiner Tessin-Bücher. Dort werden sie gesammelt und einmal im Monat an mich weitergeleitet. Und ich? Ich antworte ihr ganz selten. Sie bekommt dafür meine Hauszeitschrift gratis zugesandt. Gewiss, wenn ich in ihre Nähe käme, würde ich sie besuchen. Aber sie wohnt beinahe in Norddeutschland, und dorthin kam ich bis jetzt kaum. Ich vermute, dass das ein sehr einsamer Mensch ist, der aber seine Einsamkeit überwindet, weil er jemandem schreibt. Und dieser Jemand bin eben ich. Schön also zu wissen, dass ich solch ein Jemand sein darf und offenbar Trost in einer Einsamkeit spenden kann.

Aber ich wollte mich doch eigentlich für mein Tagebuchstillschweigen entschuldigen. Also: Da war der Auftrag des Verlages, der vor genau dreissig Jahren mein erstes Buch herausgegeben hat (ob die wohl an dieses Jubiläum denken werden?). Diesmal musste es ein «Backbuch» sein. Kochbücher zu schreiben, ist für mich so etwas wie Büroarbeit. Die Massangaben in Uraltrezepten in heute gebräuchliche umrechnen, die Reihenfolge der Zutaten so angeben, wie sie im Arbeitsverlauf gebraucht werden. Für diejenige, die das Rezept für den Fotografen backen muss, dort Fragezeichen machen, wo – eben in Uraltrezepten – etwas ungenau angegeben ist. Diese Korrekturen in mein Manuskript eintragen. Ein Glück, dass ich da vor allem in Beate eine zuverlässige Hilfe habe, die mir die «Handarbeit» für solch ein Buch gerne abnimmt. Eigentlich hatte ich vor, jeweils am Morgen an Sie, liebe Leserinnen und Leser, zu schreiben und mich am Nachmittag – wenn mein Hirn nicht mehr ganz so fit ist – den Backrezepten zu widmen. Auf diese Weise habe ich während der letzten paar Jahre gearbeitet. Doch dann musste ich feststellen, dass ich das nicht mehr schaffe. Ich beschloss, mich deswegen nicht zu ärgern, sondern es einfach hinzunehmen.

Zum Glück habe ich noch zwei Monate Zeit bis zur Abgabe dieses Manuskripts. Und mein Backbuch ist jetzt fertig. Aber im September stehen viele Termine an, und ich hasse es, mit zu viel Druck arbeiten zu müssen. Obwohl – um ehrlich zu sein – einen gewissen Druck brauche ich. Ich bilde mir ein, dann effektiver zu arbeiten. Und wenn mir schon niemand Druck macht, dann produziere ich ihn eben selbst mit meiner berühmten chinesischen Bauernweisheit «Was gmacht isch, isch gmacht». Wie oft war ich darüber schon froh. Manchmal frage ich mich auch, ob gerade dieser Druck dazu beiträgt, dass ich – zumindest im Kopf – oft fitter bin als meine um eine Generation jüngeren Mitarbeiterinnen.

Aber – ich bin mit meinen Erklärungen über mein Stillschweigen noch nicht fertig. Da sind nämlich noch körperliche Beschwerden hinzugekommen. Solche, die es mir zeitweise nicht einmal mehr erlaubt haben, bis zu meinem geliebten Stallbüro zu gelangen. Ich bin zwar vehement dagegen, Krankengeschichten zu erzählen, jenes Thema, das bei älteren Leuten schier unerschöpflich ist. Aber hier habe ich einen plausiblen Grund, mein Prinzip für einmal zu durchbrechen, indem ich schildere, wie es mir schon vor fünf Jahren hier in Schuls erging und was jetzt wieder mit mir zu geschehen scheint.

Also der Reihe nach: Ich leide – ich habe das im Kapitel «Gesundheit» schon erwähnt – seit Jahrzehnten an Arthrose in beiden Händen, ich kann sie nicht mehr zur Faust ballen. Weh tut das eigentlich nicht, aber es entstehen Hindernisse im täglichen Leben. Das heisst, ich kann zum Beispiel kein Küchenmesser mehr benützen, weder Kartoffeln schälen noch Zwiebeln hacken. Damit konnte ich mich – wenn auch sehr unwillig – abfinden. Aber dafür wurden die Schmerzen in meinem linken Knie auch für einen nicht sehr schmerzempfindlichen Menschen wie mich beinahe unerträglich. Laufen war nur noch mit zwei Krücken einigermassen möglich. Von sitzender Position aufstehen liess mich «die Sterne in Holland sehen». Niemand frage mich, wie ich die Treppen bewältigte. Ich fand heraus, dass Treppen abwärts steigen mit zwei Krücken am einfachsten ging, wenn ich diesen Büssergang jeweils rückwärts antrat. Ein anderes schier unüberwindliches Problem war das Einsteigen in ein Auto. Ich, die ich mir so ungern helfen lasse, war jetzt einfach auf Hilfe angewiesen: Den Sitz ganz nach hinten stellen. Die Krücken auf den Hintersitz legen. Wieder nach vorne humpeln. Mich mühsam auf den Sitz fallen lassen. Mir helfen lassen, ein Bein nach dem andern (gottlob hat der Mensch nur zwei!!) ins Auto zu stellen, den Sitz wieder etwas nach vorne schieben. Ich tröstete mich damit, dass ich ja noch fähig war, überhaupt ins Auto zu steigen. Nachts störten diese Schmerzen im Knie meinen Schlaf. Die geringste Bewegung tat so weh, dass ich aufwachte und dann für lange Zeit nicht mehr einschlafen konnte.

Vor fünf Jahren machte ich deshalb eine Kur in Schuls. Der Kurarzt empfahl mir damals eine neuartige Behandlung: Spritzen mit Hyaluronsäure direkt ins betroffene Gelenk. «Das Präparat heisst Synvisc. Es ist teuer. Und die Krankenkasse bezahlt es nicht. Ob es nützt, kann ich nicht garantieren. Im schlechtesten Fall sind Sie drei Monate schmerzfrei, im besten Fall eineinhalb Jahre.» Wenn man an einem Ort wohnt, an den man nur zu Fuss gelangt, wenn man Angst hat, diesen Ort nicht mehr erreichen zu können, wenn man in einem Haus lebt, in dem jeder Raum auf einer anderen Ebene liegt, man also ständig treppauf und treppab gehen muss, wenn man selbst noch Auto fahren können müsste, überlegt man nicht lange. Ich liess die Behandlung machen: drei Spritzen im Abstand von je einer Woche. Dazu eine intensive Kur mit Fango, Massagen, Bewegungstherapie. Schon unmittelbar nach der ersten Spritze waren meine Schmerzen verschwunden. Ich absolvierte meine Kur, und dann – ja dann blieb ich während ziemlich genau fünf Jahren absolut schmerzfrei.

Vor einigen Wochen hat es mich nun also wieder erwischt. Diesmal noch schlimmer. Wenn ich aufstehen musste, geschah das nur mit Ächzen und Stöhnen. Es war, wie wenn jeder einzelne Knochen meines Skeletts ein spezielles Schmerzsignal an mein Hirn senden würde. Dadurch, dass ich mein linkes Bein speziell schonte und damit das rechte falsch belastete (vor dem Gehen mit Krücken hatte ich wegen der Treppen Angst), traten die Schmerzen nun auch hier auf. Und in der rechten Hüfte. «Künstliche Gelenke» war der Rat meines Hausarztes. «Es sei denn, Sie versuchen es nochmals in Schuls.» Und da bin ich nun seit drei Tagen mit je einer Spritze in jedes Knie, mit Bewegungstherapie, mit Massagen, mit Bädern im wunderschönen Bogn Engiadina Scuol. Alles wie vor fünf Jahren. Der Kurarzt erinnerte sich noch an mich – und sprach von einem Wunder. Dass die Schmerzfreiheit so lange andauerte, hätte er noch nie gehört. Und nun – hurra – sind die Schmerzen in den Knien schon nach der ersten Spritze wieder weg! Die Hände lassen sich zwar noch nicht ganz schliessen, aber ich denke, auch das wird noch kommen.

Ob wohl das Schicksal auch diesmal so gnädig mit mir sein wird und mir einige Jahre ohne Schmerzen schenkt? Zugegeben: Ein reines Vergnügen ist eine solche Kur nicht. Ich bin zwar in einem Hotel, das einen direkten Zugang zum Bad hat. Vorteil: Ich kann mich im Zimmer umziehen und im Bademantel ins Bad gelangen. Die Wege zu den verschiedenen Therapien, zum Eingang ins Bad, die Schleusen, wie man wohin gelangen kann, das alles ist etwas verwirrend. Besonders wenn man – wie ich – die Verhältnisse in italienischen Badehotels kennt, wo alles viel einfacher und unkomplizierter vor sich geht. Weil jedes Hotel ein eigenes Aussen- und Innenthermalbad hat und alle Therapien im Haus selbst angeboten werden.

Aber ich bin ja nicht zum Vergnügen da, sondern um meine Schmerzen loszuwerden. Ich werde begleitet von meiner Freundin Gerti. Normalerweise fahren wir zwei seit vielen Jahren – eben – nach Italien an einen wunderschönen, beinahe unbekannten Badeort in der Nähe von Montegrotto, der Galzignano heisst. Wir fahren nicht dorthin, um eine eigentliche Kur zu machen, bloss zum Schwimmen im Thermalwasser, zum Geniessen der südlichen Landschaft, der italienischen Küche, um Ausflüge nach Padua, Verona und Venedig zu machen. Diesmal war Gerti so lieb und opferte ihren Italienaufenthalt für mich. Wir lachen nun darüber, dass wir ständig Vergleiche mit unserm geliebten Galzignano anstellen, und haben uns heute beim Frühstück geschworen, dass jede, die ab jetzt Galzignano erwähnt, ein Fläschchen Prosecco stiften muss. Was hier gleich ist wie in Galzignano: Ich habe wunderbar Zeit zum Schreiben. Ich erliege hier auch nicht wie zu Hause der Versuchung, zum Fenster hinauszuschauen, meinen Blick über die Wiesen und Mauern zum Fluss schweifen zu lassen. Aber – oh jeh – da will Heimweh aufkommen! Das darf nicht sein! Nicht undankbar werden. Die Aussicht ist auch hier wunderschön. Mein Schreibtisch steht aber so, dass ich nur die Zimmerwand anschauen kann. Der Aufenthalt hier muss sein, damit ich wieder gehen kann. Gehen zum Haus, zum Stallbüro, zum Fluss, zum Auto. Gehen, um all meine Verpflichtungen erfüllen zu können. Verpflichtungen, die ja allesamt kein «Müssen», sondern ein «Dürfen» sind, die mein Leben so unendlich reich machen. Ganz abgesehen davon, dass ich das Geld, das ich damit verdiene, brauche, damit der Karren weiterlaufen kann. Auch wenn Beate und Susi die beiden Pferde sind, die jetzt zuvorderst ziehen müssen – sie brauchen ein Sicherheitspolster für die Zeit, wenn ich nicht mehr tätig sein kann.

Oh Gott, und dann kommen da noch ein paar andere schwere Aufgaben auf mich zu, solche, denen ich nicht ausweichen kann, auch nicht ausweichen will, die aber vor mir liegen wie unüberwindlich hohe Berge. Aber Berge, von denen ich weiss, dass ich sie überwinden *muss*. Ich habe es längst gelernt: Problemen darf ich nicht ausweichen. Lösungen suchen ist besser. Und wenn ich bei der Suche nach Lösungen den Humor nicht verliere (was – ich gebe es zu – oft sehr schwer, wenn nicht unmöglich ist), ist das noch besser. Und oft auch einfacher.

Ich fange mit dem härtesten Brocken an. Mit einem, für den ich bis jetzt noch keine Lösung gefunden habe. Und füge hier ein Kapitel ein, das ich schon vor etlichen Wochen geschrieben habe: das Kapitel vom Altersheim.

Altersheim: Den Verstand walten lassen

Wenn ich mir selbst ein Arbeitszeugnis ausstellen müsste, wäre darin wahrscheinlich ein Vermerk, dass ich es gewöhnt bin, Probleme mit Hilfe meiner Logik zu lösen, und dass mir das beinahe immer gelingt. Beinahe. Es gibt aber ein Problem, an dem kaue ich seit etlichen Jahren immer und immer wieder herum, und finde keine Lösung. Ich schelte mich selbst, drehe mich sogar manchmal schlaflos im Bett – und die Lösung will einfach nicht kommen.

Das Problem schwelte also schon lange, nahm aber reale Gestalt an nach einem Anruf meiner Schulfreundin Alice. Sie ist ein Jahr älter als ich. Weshalb ausgerechnet wir zwei so innige Freundschaft geschlossen hatten, kann ich mir damit erklären, dass sie ungefähr das genaue Gegenteil von mir war. Ich erinnere mich noch an das vernichtende Urteil ihrer Mutter, dass ich immer diejenige sei, die ihr Töchterchen zu allem erdenklichen Blödsinn ansporne – und dass dieses eben immer bereitwillig in meinem Fahrwasser schwimme ... Wir sind auch jetzt noch in losem Kontakt. Sie hat mich früher hie und da besucht. Ich bin auch Patin ihres ältesten Sohnes. Eigentlich hätte ich sehr Lust, sie wieder einmal zu sehen. Da kam irgendwann ein Telefon. Alice.

«Rate mal, wo ich bin.»

«Bist du hier im Tessin und kommst mich besuchen?»

«Nein, noch viel schöner.»

«Was könnte denn noch schöner sein?»

«Dreimal darfst du raten.»

«Ich kann mir aber nichts Schöneres vorstellen, als hier zu sein.»

«Doch. Etwas gäbe es da noch. Rate!»

«Tut mir leid, meine Fantasie ist erschöpft.»

«Aber denk doch: Ich bin im Altersheim. Ist das nicht wunderbar??»

Wie sehr mag ich es ihr gönnen, dass sie das wunderbar findet, ja dass sie darüber offensichtlich glücklich ist. Aber ich? Ich bin noch lange nicht so weit.

Wenn ich mir vorstelle, ich müsste jetzt ins Altersheim. Wenn ich mir vorstelle, ich müsste mein Haus verlassen, zum letzten Mal den Weg zur Brücke humpeln, zum letzten Mal talaufwärts schauen zu «meinen» Bergen. Blödsinn, tue nicht so weinerlich! Vor dir haben das schon Tausende von Menschen erlebt, nach dir wird es auch so weitergehen. Es ist klüger, sich mit dieser Frage auseinander zu setzen, solange ich noch fit bin. Dann kann ich mich langsam daran gewöhnen. Was heisst da kann? Ich *muss* mich daran gewöhnen. Ich weiss, dass jetzt viele Bewohnerinnen und Bewohner von Altersheimen sich über mich entsetzen: «Das ist doch in dem Alter normal. Da wird man bedient, sofern man das wünscht, da ist immer jemand da, wenn man ihn braucht, da hat es einen Arzt in der Nähe.» Lauter Argumente, denen ich mich überhaupt nicht verschliessen kann. Aber ich fühle mich noch so himmelweit von solchen Möglichkeiten entfernt, dass ich es mir überhaupt nicht vorstellen kann, diese Vorzüge eines Altersheims zu beanspruchen.

Eine Altersheimerfahrung habe ich. Diejenige als Besucherin und Unterhalterin. Immer wieder kommt es vor, dass mich Heimleiterinnen einladen zu einem Vorlese-, manchmal auch zu einem Koch- oder Backnachmittag. Wenn sich einige nahe beieinander liegende Altersheime abstimmen, sodass ich mindestens zwei Termine an einem Tag einhalten kann, werden die Spesen für alle Teile auch tragbar. In der Schweiz begleiten mich Susi oder Beate, die dann einen Verkaufstisch aufstellen dürfen mit ihren Produkten. Besonders im Winter sind das willkommene Zuschüsse für unsere um diese Jahreszeit sehr magere Ladenkasse. Natürlich wissen wir längst auch, was in einem Altersheim – ausser Büchern – begehrt ist: Tessiner Grappa und Wein, den unser Nachbar Pier-Luigi produziert, Marcos Honig, Fabianos Ziegenkäslein, Beates oder Ritas Kuchenauswahl.

Wenn ich dann die Aufmerksamkeit spüre, die meinen Worten entgegengebracht wird, oder den Genuss sehe, mit dem manchmal auch Frauen und Männer im Rollstuhl einen Kuchenteig rühren, mit Hingabe den Kochlöffel abschlecken, dann tröstet mich das. Ob ich wohl irgendwann auch so fühlen werde? Ich hoffe es. Eigentlich will ich das jetzt (noch) gar nicht wissen. Aber es wäre absolut dumm, stupid, den Kopf einfach in den Sand zu stecken, weil ich davon noch nichts wissen will. Es ist eine Tatsache, die auf mich zukommt. Eine Tatsache, der ich näher bin, als ich vielleicht denke. Spätestens wenn ich einsehen muss, dass ich es nicht mehr schaffe, den Weg zu meinem Haus hochzugehen, mich in meinem Haus voller Treppen noch von einem Raum zum andern bewegen zu können.

Ich muss diesen Tatsachen ins Auge sehen. Manchmal zwinge ich mich zu Horrorvorstellungen: Was ist, wenn ich nun doch künstliche Knie- und vielleicht Hüftgelenke brauche? Was ist, wenn diese Operationen nicht den gewünschten Erfolg bringen? Dann *muss* ich weg von Haus, Garten, Bäumen, Tieren. Die Menschen können mich dann ja besuchen. Aber wo?

Dieses «Wo?» ist für mich wie ein weisser, verschleierter Fleck im Weltall. Dann schelte ich mich. Ich bin undankbar. Ich wohne seit mehr als drei Jahrzehnten auf einem Erdenfleck, der für viele die schönste Gegend ist, in der man alt werden möchte. Nur ist dieser Fleck für mich reduziert auf das Areal, auf dem mein Haus steht, meine Gärten sind, meine Bäume wachsen.

Ich bin sonst ziemlich flexibel. Hier aber versagt meine Fantasie, mein ganzes Ich. Wo soll ich leben, glücklich sein, wenn nicht genau bei mir zu Hause, da, wo für mich schon das Paradies ist? Natürlich: Vielleicht werden diese Fragen nie ganz aktuell. Vielleicht rafft mich eine Lungenentzündung weg. Oder ein Unfall – und eigentlich wünsche ich mir das.

Mein Verstand sagt mir, ich soll mir jetzt eine Bleibe suchen, wo es mir gefallen könnte (könnte!!). Nein, kein Haus. Das gibt zu viel Arbeit. Auch keine Eigentumswohnung. Da bin ich dann verpflichtet zu bleiben, auch wenn mir die Nachbarn von oben, von unten, von rechts und von links nicht behagen. Eine Mietwohnung? Oder doch ein Altersheim? Aber wo? In Gordola? Dort wäre das Altersheim, das die Leute aus dem Tal aufnimmt. Aber bis jetzt war ich zu feige, um dort vorbeizugehen. Meine Nachbarin Emilia hat das gescheiter gemacht. Sie hat sich dieses Altersheim angesehen. Es gefällt ihr dort. Sie ist jetzt beinahe neunzig Jahre alt, hat mir gesagt, sie freue sich sehr auf ihre Zeit im Altersheim, hofft, sie noch zu erleben. Und noch mehr freut sie sich darauf, dass ich dann auch dorthin komme!! Der liebe Gott meint es gut mit mir, dass er mir solche Nachbarn schenkt!

Und jetzt kommt eine ganz konkrete Frage an alle meine Leserinnen und Leser, die im Altersheim sind, denen das Weggehen von der vertrauten Umgebung so schwer gefallen ist, wie ich es mir vorstelle. Wie haben sie das erlebt, überstanden?

Irgendwie beneide ich einerseits alle, die vor der Entscheidung stehen, ihr Alter im Süden zu verbringen. Andererseits sehe ich aber auch, welche Schwierigkeiten dann auftauchen, an die sie vorher wohl kaum gedacht haben. Es scheint mir so wichtig, darauf hinzuweisen, dass ich ein Extrakapitel dazu einfüge.

Altwerden: Ein Traum vom Süden?

In einer Zeitschrift lese ich: «Der Süden macht den Menschen nicht wirklich jünger – aber das Altern erheblich leichter.» Stimmt das? Ich weiss, den Traum vom Süden träumen viele. Ich habe ihn schliesslich auch geträumt und im Süden «mein» Leben gefunden. Aber damals war ich erst einundvierzig Jahre alt. Aber ob mir dieser Süden das Altern wirklich leichter macht? Und sogar «erheblich leichter»?

Zugegeben, ich wohne nicht in dem Süden, den man sich fürs Alter unbedingt wünscht. Das ist eher jener Süden, in dem ewig die Sonne zu scheinen scheint (welch ein lustiges Wortspiel, zwei ganz unterschiedliche Bedeutungen desselben Verbs!). Warmes Klima ist für rostig werdende Knochen hilfreich. Und die lockerere Art, mit der die Menschen der Alpensüdseite meist ihr Leben anzugehen pflegen, hilft als Beispiel manchmal den schwerfälligeren Bewohnern der Alpennordseite, den Tag mit leichterem Herzen an sich herankommen zu lassen.

Ich beobachte seit Jahren etliche Paare, die sich diesen Alterstraum erfüllt haben, und sehe deshalb auch die Schwierigkeiten, denen sie gegenüberstehen können (können, nicht müssen). Das Allerwichtigste scheint mir, dass man – wenn man sich zu einem solchen Schritt entschliesst – die entsprechende Sprache lernt. Und zwar nicht erst, wenn man die Koffer packt! Je jünger man ist, desto leichter lernt man Sprachen. Und je besser man die Gegend und die Menschen kennt, wo man seine alten Tage verbringen möchte, desto eher kann man sich einfügen. Denn das muss man, will man nicht vereinsamen. Einer meiner Freunde nahm nach seiner Pensionierung und seinem Umzug ins Tessin sogar Unterricht in Tessiner Dialekt. Er und seine Frau haben sich wunderbar integriert und verbrachten einen beneidenswert schönen Lebensabend hier. Aber eben – sie haben sich in etlichen Urlauben mit den Gepflogenheiten der gewählten neuen

Heimat vertraut gemacht. Hat man dort schon Freunde, einheimische Freunde, kann man sich integrieren. Das geht nämlich nicht von heute auf morgen, obschon ich – was meine Erfahrungen betrifft – in keinem deutschschweizerischen Ort so herzlich aufgenommen worden wäre, wie mir das hier passiert ist. Allerdings: Als ich ganz in «mein» Dorf kam, kannten mich praktisch alle Einwohner von etlichen Ferienaufenthalten her und wussten, dass man mich für allerlei Hilfeleistungen brauchen konnte, und – wohl der grösste Vorteil – ich habe die italienische Sprache schon in der Schule gelernt.

Wer sich für den Wechsel in ein Altersdomizil – nicht nur im Süden – entschliesst, muss auch darauf achten, den Wohnsitz so zu wählen, dass die öffentlichen Verkehrsmittel gut erreichbar sind. Beispiel: Wer in der Schweiz wohnt, muss nach dem siebzigsten Altersjahr alle zwei Jahre ein ärztliches Attest vorweisen, dass er noch fähig ist, ein Auto zu lenken. Der Arzt prüft Puls, Blutdruck, Reflexe, Reaktions-, Seh- und Hörvermögen. Das heisst also, vorsichtshalber abklären, ob Einkaufsmöglichkeiten bestehen, die man zu Fuss erreichen kann, und ob Arzt und Apotheker in der Nähe sind.

Ich kenne ein Ehepaar, das kaufte sich in Locarno eine Eigentumswohnung, nachdem es während der ganzen Ehe in einem Einfamilienhaus mit Garten gewohnt hatte. Auch sie zogen kurz nach der Pensionierung des Mannes hierher. Der Mann war körperlich noch sehr fit – und vermisste nun vor allem die Arbeit im Garten. Der Zufall war ihm (und mir) gnädig: Er las in einer Seniorenzeitschrift mein Inserat, in dem ich eine Hilfe suchte für meinen Garten während der Vegetationszeit. Karl wurde bei uns bald unentbehrlich, brachte hie und da auch seine Frau mit, der aber der Weg zu uns hoch etliche Schwierigkeiten bereitete. Irgendwann starb Karls betagte Schwiegermutter und hinterliess den beiden ihr Haus mit Garten in der deutschen Schweiz. Karl und seine

Frau zogen wieder dorthin, wo – so hoffe ich – Karl immer noch in seinem Garten glücklich ist. Wir vermissen ihn!

Dann lese ich auch, dass viele, vor allem Deutsche, ihr Altersglück noch viel weiter entfernt suchen. In Spanien, auf Mallorca, Ibiza, Kreta et cetera. Dort – so lerne ich – sind ganze deutsche Siedlungen entstanden. So wie im Tessin in den Sechzigerjahren zum Beispiel zwischen Ronco und Ascona eine Siedlung entstanden ist, die man «Nuova Germania – neues Deutschland» genannt hat. Aber hier ist man doch viele Hundert Kilometer näher an der Alpennordseite und findet immer wieder jemanden, der deutsch spricht – wenigstens in den Fremdenorten. Allerdings – alle Kosten, seien es die Immobilienpreise oder diejenigen für das tägliche Leben, sind hier erheblich höher als weiter im Süden. Alles im Leben hat eben seinen Preis.

Nun noch ein Beispiel, wo Tessiner – ganz liebe Freunde von mir, die hier im Tessin, am Lago Maggiore, ihr Arbeitsleben verbracht haben – ihr Altersglück suchten. Aber der Reihe nach: Ich lernte Angelo und seine Familie ziemlich am Anfang meiner Tessiner Zeit kennen. Damals wohnte ich für einige Monate in einem kleinen Dorf direkt oberhalb des Lago Maggiore. Nächste Nachbarn waren Angelo und Kathrin. Er Apotheker in Locarno, sie – aus Hamburg stammend – ruhender Pol in einer Familie mit vier lebhaften Kindern, von denen nur eines – Rodolfo – schon schulpflichtig war. Dann zog ich in das Dorf, in dem ich heute noch wohne. Nein, oft haben wir uns während all dieser Jahre nicht getroffen, es sei denn, ich benötigte etwas aus Angelos Apotheke. Und so alle ein, zwei Jahre besuchten sie mich. Dann, wenn es ihnen im Tal unten zu heiss geworden war oder wenn es bei mir genug Schnee hatte, dass die Kinder schlitteln konnten.

Irgendwann, vor etwa fünf Jahren, brauchte ich dringend eine Medizin für ein krankes Tier. Ich wollte Angelo anrufen.

Er nahm den Hörer ab, meldete sich mit dem Namen seiner Apotheke. «Ciao Angelo», sagte ich. «Mein Vater ist nicht am Telefon. Ich bins, Rodolfo.» Rodolfo hat auch Pharmazie studiert und führt in der dritten oder vierten Generation das Geschäft weiter. Er hat genau dieselbe Stimme wie sein Vater.

«Schön, dass du jetzt auch mitarbeiten kannst. Wie geht es deinen Eltern?»

Und dann riss es mich beinahe vom Hocker:

«Meine Eltern sind ausgewandert nach Costa Rica!»

Wie gescheit Angelo und Kathrin das doch gemacht haben. Ihr Sohn führt nun die Apotheke, und der Vater ist so weit weg, dass Reibereien zwischen den Generationen gar nicht erst entstehen können.

«Lass sie schön grüssen, wenn du mit ihnen telefonierst. Ciao Rodolfo – e tanti auguri.»

Einige Wochen später besuchten mich Angelo und Kathrin. Heimaturlaub. Da wollte ich natürlich alles ganz genau wissen: Sie waren in Costa Rica vor etlichen Jahren schon in den Ferien gewesen. Es hatte ihnen dort sehr gut gefallen. Das Klima, die Vegetation, die Menschen (wer Italienisch spricht, hat mit der spanischen Sprache keine grossen Probleme). Irgendwann, nachdem Rodolfo sein Abschlussdiplom erhalten hatte, reifte der Entschluss auszuwandern. Sie liessen sich durch einen Liegenschaftsvermittler viele Objekte im ganzen Land zeigen. Als beide gemeinsam «Das ist es!» sagten, kauften sie ein Grundstück mit Garten und Meersicht. Darauf liessen sie sich ein Haus bauen, so, wie es für zwei alternde Menschen bequem ist: «Alles auf einem Boden.» Und Einkaufsmöglichkeiten, Arzt und Apotheke sollen auch nicht weit weg sein.

«Und, du glaubst es nicht: Weisst du, wer unsere nächsten Nachbarn sind? Auch Tessiner!»

«Sind die auch so reich, wie halt ein Apotheker ist?»

«Ach je, das ist ja das Schöne: Erstens sind die Grundstückspreise im Vergleich zur Schweiz geradezu lächerlich. Die Baukosten auch. Und wir können praktisch von unserer Altersrente leben, uns sogar alle paar Jahre einen Urlaub in unserer alten Heimat leisten. Die meiste Zeit verbringen wir beide im Garten und sind – bei allem, was hier gedeiht – sogar Selbstversorger. Sogar mit Bananen.»

Natürlich habe ich nachher einen Vergleich gezogen zwischen ihnen und mir. Aber: Sie sind zu zweit. Kathrin ist in Hamburg aufgewachsen, hat ihr aktives Leben mit einer grossen Familie hier gelebt und hängt offenbar nicht so sehr an einer bestimmten Gegend, wie ich es tue. Wenn eine oder einer von ihnen allein zurückbleiben würde, könnte sie oder er immer noch wieder zurückkommen in ihre Wohnung hier. Ein halbes Bein mindestens haben sie also hier gelassen. So ist der Schnitt nicht so endgültig wie der Umzug in ein Altersheim.

Angelo und Kathrin: Ich wünsche euch alles Glück, das man in Costa Rica finden kann.

Tagebuch, Juli: Schuls für Knie und Seele

Die Therapien ermüden. Mehr als ich wahrhaben will. Zwar beschränken sie sich auf zwei Behandlungen, je eine halbe Stunde oder sogar nur zwanzig Minuten pro Tag. Aber ich besuche natürlich täglich auch das Bad. Dort gehen mir dann die unterschiedlichsten Fragen durch den Kopf: Wer hat den Mut gehabt, dieses Riesenprojekt überhaupt nur ins Auge zu fassen? Was muss der Architekt gedacht, empfunden haben, als er sich zum ersten Mal an den Zeichnungstisch setzte? Ich versuche oft, mich in die Lage eines Ingenieurs oder eben Architekten zu versetzen, der einen Auftrag bekommt, der zuerst nur aus Worten besteht, dann schliesslich zu einem Bauwerk wird. Und: Wie viele Millionen mag diese ganze Badeanlage gekostet haben?

Wenn man eine solche Kur macht, besonders wenn man sie allein macht (Gerti ist wieder abgereist) und wenn sie anstrengend ist, dann kann schon Melancholie aufkommen. Sogar bei mir. Aber ich wehre mich dagegen. Das darf einfach nicht sein! So interessiere ich mich denn eben für das, was um mich herum vorgeht. Ich denke über die Entstehung des Bades nach. Ich studiere aber auch die Mit-Badenden. Da sehe ich diejenigen, die mit Krücken daherhumpeln. (Lieber Gott, ich danke dir, dass du mich heute davor verschonst.) Ich sehe Frauen, die von ihren lieben Ehemännern gemassregelt werden. (Lieber Gott, ich danke dir, dass ich allein sein darf.) Ich muss plantschenden und kreischenden Kindern ausweichen, die dann weinend zur Mama rennen (allein sein hat auch hier seine Vorteile).

Einmal mehr: Auch hier einen bestimmten Rhythmus zu haben, erleichtert mein Leben. Natürlich muss jeder selbst herausfinden, was ihm gesundheitlich am besten tut, was mithilft, eventuelle depressive Verstimmungen zu vermeiden. Ich denke jetzt an meine früheren «Sozialkinder». Ich denke an uns zu Hause. Ohne einen Rhythmus im täglichen Leben ist ein Zusammenleben mit verschiedenen Menschen schwieriger. Ohne Rhythmus bin ich aber auch mit mir selbst unzufrieden. Deshalb meine anfängliche Melancholie. Aber jetzt habe ich meinen Rhythmus für Schuls gefunden:

Frühstück um 7.30 Uhr (dann öffnet der Speisesaal), Korrespondenzen bezüglich meiner im November und Dezember geplanten Signierreise.

Ins Bad um 9.00 Uhr (dann öffnet es seine Pforten). Zuerst zwanzig Minuten im Sprudel sitzen. Bei schönem Wetter im Aussenbad. Leute beobachten. Dann zwanzig Minuten Dampfbad, dann zehn Minuten Solebad. Das ist einer jener raren Plätze, wo ich total entspannt einfach im Wasser liege. Solewasser trägt ja viel besser. Also lege ich mich einfach hinein und lasse mich von den Sprudeln hin- und herwiegen. Wie ein kleines Kind in der Wiege. Und dann schiesst es mir durch den Kopf: Eigentlich fehlt jetzt nur noch der Schnuller … Melancholie weg. Ich lache mit mir selbst.

Die Therapien sind angenehm. Ich erfahre, dass der Fango aus gemahlenem Naturstein vom Kaiserstuhl stammt. Aus den erloschenen Vulkanen, die der Landschaft dort immer noch ihr Gepräge geben – und die ich durch verschiedene Fernsehtermine, die wir dort hatten, gut kenne. Was die Kur zusätzlich angenehm macht, ist die Freundlichkeit des gesamten Personals. Angefangen bei der Putzfrau, der ich am Morgen im Bad begegne und mit der ich immer ein paar Worte wechsle, bis zu den beiden jungen Damen, die abwechslungsweise für den Fango zuständig sind. Mit ihnen kann ich über das Geschmiere, das mit diesem schönen Schlamm unweigerlich entsteht, lästern oder – besser – lachen. Mit der Physiotherapeutin führe ich abwechselnd Gespräche über Belgien, woher sie stammt, und über meine Erlebnisse im Tessin. Dabei strample ich zum Beispiel meine Strecke auf dem Hometrainer ab, immer darauf bedacht, mindestens sechzig Umdrehungen in der Minute hinzukriegen. Das Resultat: Meine Knie werden täglich elastischer (beinahe wie die vom «Schmittchen Schleicher mit den eeeelaschtischen Beinen»), und meine Hände lassen sich wieder zu Fäusten ballen. Hurra: Jetzt kann ich wieder Kartoffeln schälen. Ich bitte, hier nicht zu lachen. Es ist einfach schön zu sehen, dass der Körper wieder besser funktioniert.

Und jetzt, gerade jetzt, fällt mir ein, was ich mir zu meinem nächsten, dem fünfundsiebzigsten Geburtstag wünschen werde – auf die Gefahr hin, dass die ganze Welt über mich den Kopf schüttelt: einen Hometrainer!! Ich kenne mich selbst gut genug. Eigentlich bin ich faul, besonders was körperliche Ertüchtigung anbelangt. Ich habe die Ausrede, dass ich durch die besondere Lage meines Hauses ohnehin genug Bewegung habe. Stimmt aber offenbar nicht. Sonst wäre meine Genesung hier nicht so rasant fortgeschritten. Ein solch (fürchterliches!!) Gerät müsste ich aber, falls ich es geschenkt bekomme, auch benützen. Schon den Schenkenden zuliebe. Man sieht: Manchmal versuche ich auch, mich selbst zu überlisten.

Natur: Schatzsuche bei jedem Wetter

Manchmal geht es bei mir sehr stürmisch zu. Da brauche ich ein Mittel, um meine Beherrschung («contenance» hat man dem früher gesagt) nicht zu verlieren. Dieses Mittel ist simpel. Ich muss mich zum Beispiel nur vor meine Haustür stellen und die Welt um mich herum betrachten. Den Hof mit dem Steintisch, dem Nussbaum, den blühenden Blumenrabatten, weiter hinten Emilias Schafstall, noch weiter weg ein paar Häuser des Dorfs, den Wald, die Berge. Und schon ist meine Welt wieder in Ordnung. Und dass ich die verschiedenen Stürme zu ertragen habe, die sehr oft auch mit unserer extremen Lage zusammenhängen, ist wahrscheinlich der Preis dafür, dass ich hier leben darf. «Alles hat seinen Preis.»

Nur: Manchmal denke ich, ich bekomme viel mehr geschenkt, als ich je zurückgeben könnte. Sei das nun die Herzlichkeit und Hilfsbereitschaft meiner Familie und meiner Freunde, seien es die kleinen Dinge, die an meinem Weg stehen. Mit «Weg» meine ich jetzt wirklich zum Beispiel meinen Weg ins Stallbüro, meinen Weg hinunter zum Fluss. Aber: Dafür muss man auch Augen haben! Ich werde jenen Frühlingstag nie vergessen: Ich hatte damals zwei Mitarbeiterinnen, beide nicht mehr ganz jung, beide guten Willens, die an einem wunderwunderschönen Frühlingstag damit beschäftigt waren, im Garten die Beete anzulegen. Ich wanderte mit meinem Bürokorb an ihnen vorbei zu meinem

Büro. Die Erde duftete, der Kirschbaum blühte, auf den Wiesen hüpften ein paar Lämmer herum, im Hintergrund glitzerte der Fluss, standen die oben noch schneebedeckten Berge am blauen Himmel. Reinste Frühlingsidylle, die mein Herz schier platzen liess. «Ist das nicht einfach umwerfend schön?», fragte ich meine beiden Gärtnerinnen. Sie schauten mich beide fragend an: «Waaaas, was meinst du damit? Was soll denn schön sein?» Ich war so platt über diese Antwort, so geschockt darüber, dass es Menschen geben kann, die diese Schönheit gar nicht sehen, dass ich schweigend weiterging. Die beiden schüttelten den Kopf, die eine flüsterte der andern etwas zu. Ich weiss, was sie sagte, obschon ich die Worte nicht hören konnte: «Sie spinnt wieder einmal.»

Ähnliche Worte liegen oft in der Luft – auch bei meinen jetzigen lieben Mitbewohnerinnen und -bewohnern. Ich habe es lernen müssen (und bedaure es): Nicht alle sehen «meine Welt» so wie ich. Sie gehen an all den zum Teil unscheinbaren und doch so zierlichen, zum Teil duftenden Blümchen vorbei, ohne sie zu beachten. Sie hören nicht, dass die Vögel zwitschern, sie sehen das wunderschöne Licht nicht, das alles rings um uns in stetem Wechsel anstrahlt. Sie sehen die Schatten des Farnkrauts auf den grauen Steinen nicht, die Mauern erzählen ihnen keine Geschichten. Wie öd muss solch eine Welt sein. Und wie einsam kann sich ein Mensch fühlen, der blind und taub auch durch den schönsten Sommertag tappt!

Zugegeben, jemand, der in der Stadt wohnt, hat wahrscheinlich nie gelernt, auf die Schönheiten der Natur zu achten. Einmal mehr denke ich dankbar an meinen Vater, der mich angewiesen hat, solche Dinge zu sehen, zu hören und zu riechen. Und ich denke auch an die vielen Jahre, in denen ich in der Stadt wohnte und darauf achtete, zum Beispiel die November-Schönheiten zu finden. Ja nicht das November-Trüb aufkommen lassen! Im November ist es nämlich am schwierigsten, den Tagen Schönes abzugewinnen. Besonders in der Stadt. Besonders, wenn man vor Tagesanbruch zur Arbeit muss und erst nach dem Einnachten wieder den Heimweg antreten kann. Auch ich habe während beinahe dreissig Jahren in der Stadt, und zwar in Basel, gelebt, aber beim Aufkommen des November-Trübs ganz bewusst die Schönheiten gesucht, die auch noch an den trübsten, nebligsten Tagen zu finden sind, wenn man die Augen dafür hat. Ich weiss noch gut, dass ich dann so oft wie möglich zum Käppelijoch ging, zu jenem gotischen Kapellchen, das in der Mitte der Mittleren Rheinbrücke steht. Früher war eine Heiligenfigur darin. Seit vielen Jahrhunderten – ich denke, seit der Reformation – steht das Käppelijoch leer da. Einzige Verzierung ist ein wunderschönes Törchen aus Schmiedeeisen. Ich könnte die Form der Verzierung nachzeichnen. Das graue Wasser des Rheins fliesst unter der Brücke durch. Oft bilden sich Nebelschwaden, die dann geheimnisvoll durch das Kapellchen ziehen. Und ich stehe davor, sinniere, was dieses Kapellchen mir wohl erzählen könnte. Ich fahre mit dem Finger den Bogen des Türchens entlang – ein Streicheln. Eine Möwe kreischt. Um mich herum sind die Geräusche der Strasse verschwunden. Irgendwie spüre ich die Ewigkeit – mitten auf dem Rhein, mitten im Verkehr – und bin glücklich, weil ich wieder meinen November-Schatz gefunden habe.

Wenn nun jemand das liest und wie meine beiden Gärtnerinnen denkt, dass ich spinne, dann soll er das meinetwegen. Meinen Schatz lass ich mir deswegen nicht nehmen – und finde gleich den nächsten: die raureifüberzogenen letzten Astern im Kreuzgang des Basler Münsters. Wie viel mehr Schätze finde ich doch hier, bei mir zu Hause. Bei jedem Wetter. Zu jeder Jahreszeit. Man muss sie bloss sehen. Und – das ist meine stille Hoffnung – vielleicht kann ich diesem oder jenem Leser jetzt die Lust vermitteln, ebenfalls auf Schatzsuche zu gehen. Denn eigentlich hat ja jeder Augen. Und Ohren. Und eine Nase. Was die Augen anbelangt: Da gibt es eine wunderbare Schulung, die – da bin ich mir beinahe ganz sicher – nützt: Fotografieren!

Bilderwelt: Meine moderne Kunst

Eines der grossen Vergnügungen meines jungen Erwachsenenlebens war Fotografieren. Ich hatte mir eine gute Kamera zusammengespart, da war ich kaum zwanzig Jahr alt. Damals brauchte man noch einen Belichtungsmesser. Distanz, Blende und Belichtungszeit musste man selbst einstellen. Und Vorsatzlinsen brauchte man. Diese Kamera begleitete mich ins Tessin. Anfangs machte ich viele Fotos, hauptsächlich von meinen Katzen. Aber irgendwann ging meine altersschwach gewordene Kamera kaputt. Damals hatte ich einerseits zu wenig Geld und andererseits viel zu viel um die Ohren. So vergass ich das Fotografieren.

Für meine Bücher waren verschiedene Fotografen hier. Solche, die das aus Spass machten, solche, die den Spass zum Beruf werden liessen – und auch ein Berufsfotograf. Er heisst Marco. Was mir auffiel: Jeder sah meine Welt ganz anders als ich – und fotografierte sie auch entsprechend anders. Manchmal hätte ich aufheulen können, wenn einer an irgendeiner Ecke in meinem Hof, die ich gerade in diesem Licht so besonders schön fand, achselzuckend vorbeiging. «Ich weiss nicht, was da so besonders schön sein soll.» Bei Gelegenheit sprach ich mit Marco darüber. Er gab mir den simplen Rat: «Dann kauf dir doch selbst eine Kamera. Aber eine gute!» Und da Marco auch ein Fotogeschäft hat, wählte er die Kamera aus, die er für mich am geeignetsten hielt. Mit einem wunderbaren Objektiv, das Weitwinkel- und Teleobjektiv miteinander vereint, einem Zoom.

Seither schleppe ich meine Kamera bei jeder Gelegenheit mit. Sie liegt auch meist im Bürokorb für meinen Gang ins Stallbüro. Ich kann vom gleichen Standort aus jeden Tag ein Foto machen – und jedes Mal wird es anders. Weil die Beleuchtung, bedingt durch die hohen Berge, so oft wechselt. Marco wird mir auch noch ein Makroobjektiv besorgen. Damit kann ich noch näher an die kleinen Dinge am Wegrand herankommen, zum Beispiel auch an die vielen Schmetterlinge, die es hier gibt. Ich weiss, das Fotografieren von Schmetterlingen braucht viel Geduld und damit Zeit. Ich bin mir sicher: Hätte ich nicht meine unzähligen Verpflichtungen, ich würde Tage damit verbringen zu fotografieren. Hauptsächlich eben die kleinen Dinge, die niemand beachtet und die mein Leben so unendlich reich machen.

Ist es vermessen, wenn ich mir vorstelle, dass jemand, der pensioniert ist und eine Beschäftigung sucht, sich seinen Alltag befriedigend gestalten kann, indem er das fotografiert, was ihm am besten gefällt? Es müssen ja gar nicht die Dinge sein, die mich entzücken. Es könnten zum Beispiel auch alte Autos sein oder die Enkelkinder oder besonders schöne Bauten oder … Diese Fotos müssten dann geordnet werden. Arbeit für lange Winterabende. Und schliesslich könnte man als Weihnachtsgeschenk solche Alben verschenken.

Der Einwand, dass Fotografieren ein teures Hobby sei, gilt nur beschränkt. Mit den digitalen Fotoapparaten von heute, mit denen man fotografieren und gleich wieder löschen kann, was einem nicht gefällt, halten sich die Ausgaben in Grenzen. Und dann kommt ja noch die Möglichkeit dazu, diese Fotos – nach Themen geordnet – auf dem Computer zu speichern oder per E-Mail zu versenden. Es soll Kurse geben, in denen man all diese Techniken lernen kann. Ich bin im Moment in Verhandlung mit Adi, der als Foto- und Computerfreak genau der richtige Lehrer für solche Kurse wäre. Mal sehen, ob nächstes Jahr daraus etwas werden wird.

Nicht vergessen zu erwähnen: Ich beachte und bewundere jeden schön geschichteten Holzstoss. Den vergleiche ich mit einer Handarbeit, und mir tut es jedes Mal leid, wenn ich für unser tägliches Feuer davon wegnehmen, eine liebevoll gemachte Arbeit sozusagen zerstören muss. Wenn ich schon von liebevoll gemachten Arbeiten rede: Ein Kopfsteinpflaster ist auch so eine – nur hat es eine viel längere Lebensdauer als meine Holzstösse. Aber wenn ich daran denke, wie viel Mühe es doch gemacht haben muss, möglichst gleich grosse Steine aus dem Bachbett zu holen, diese zum zu pflästernden Platz zu schleppen, Stück für Stück nebeneinander zu legen, die Lücken auszufugen. Auch das Kopfsteinpflaster ist eine sehr sorgfältig, liebevoll ausgeführte Handarbeit. Auf die Gefahr hin, ausgelacht zu werden: Ich habe eine ganze Sammlung von Fotos von – ja – Holzstössen und Kopfsteinpflastern.

Wer mich noch mehr belächeln will: Für mich sind solche Fotos etwa gleichwertig mit irgendwelcher moderner Kunst (über die ich manchmal den Kopf schüttle). Mit dem Unterschied, dass es für den Betrachter klar ist, was auf diesem Bild dargestellt wird. Und dass Träumer wie ich dahinter die Menschen sehen, die diese Kunstwerke geschaffen haben.

Jetzt steht meine schon so lange verstorbene Mama hinter mir und sagt das, was sie mir schon damals sagte: «Ich möchte nur wissen, woher du all diese Ideen nimmst.» Ich weiss es auch nicht, liebe Mama. Könnte es vielleicht sein, dass ich das von dir geerbt habe??

Hobby: Sinnvolle Beschäftigung

Da kann nun jemand meckern, Fotografieren gehöre doch auch ins Kapitel «Hobby». Natürlich stimmt das. Aber hier geht es mir nun um die Hobbys meiner Freunde und Kollegen, die etwa in meinem Alter sind, um deren Hobbys also – und nicht um meine. Dieses Kapitel enthält keine Theorien, «was man tun könnte», sondern Beispiele, wie viele meiner älter und alt gewordenen Freunde zu ihren Hobbys gekommen sind. Es scheint mir nämlich unglaublich wichtig, dass jemand, der weiss, dass er zu einem bestimmten Datum pensioniert wird, schon ein Hobby hat, nein pflegt. Eine Tätigkeit, die ihm einerseits Spass macht und die ihm andererseits hilft, die plötzlich leer gewordenen Tage auszufüllen. Ich kann auch die Namen etlicher meiner Freunde und Bekannten aufzählen, die derart in ihrem Beruf aufgegangen sind, dass sie sich für gar nichts anderes als für ihre Arbeit Zeit nahmen. Und irgendwann haben sie Abschied von dieser Arbeitswelt genommen, zum Beispiel aus Altersgründen, ihr Geschäft verkauft oder an den Sohn weitergegeben, standen mit leeren Händen vor leeren Tagen – und starben dann nach einem guten Vierteljahr!

Die durchschnittliche Lebensdauer von Männern sei siebenundsiebzig Jahre, diejenige von Frauen vierundachtzig. Ich sinniere oft darüber nach, woran das liegen mag. Ein Argument ist bestimmt, dass Frauen ja in den meisten Fällen nicht nur einer beruflichen, sondern auch einer hausfraulichen Tätigkeit nachgehen. Wenn nicht körperliche Gründe dagegen sprechen, können sie diese Tätigkeiten bis ins höchste Alter fortsetzen. Sie haben also eine Grundstruktur von täglicher Beschäftigung. Ihnen wird der Arbeitsfaden nicht von einem Tag auf den andern total abgeschnitten.

Ich kenne Freunde, die ihr «Leben nach der Arbeit» ganz bewusst geplant haben. Von denen möchte ich hier erzählen:

Da ist einmal Susis Vater Fritz. Er war Chefbuchhalter in einem eidgenössischen Betrieb und zudem Gemeindepräsident in seinem Dorf. In Deutschland würde man sagen, er sei Beamter gewesen. Susi kam zu mir im letzten Jahr vor seiner Pensionierung. Sie erzählte mir, dass er jeden Tag einen Strich auf ein Blatt Papier machte, jeweils vier Striche mit einem Querstrich bündelte. So wie man es auch beim

Jassen macht. So freute er sich auf seine Pensionierung. Ja, er konnte sie kaum erwarten. Er hatte ganz konkrete Pläne, was er dann machen würde: mir helfen nämlich! So war er einerseits in der Nähe seines geliebten einzigen Kindes, andererseits in einer schönen Gegend und drittens: Er hatte Arbeit. Nein, natürlich nicht als Buchhalter. Jetzt wollte er endlich seine Hände gebrauchen. Er, der – so Susis Mutter – früher nicht einmal einen Nagel gerade in die Wand schlagen konnte, entwickelte sich zu einem veritablen Schreiner. Sein absolutes Meisterstück war ein Futtertrog, in dem wir alle Futtermittel für unsere Tiere aufbewahren konnten – und immer noch können. Einen richtigen Trog mit einem Absatz oben, auf den man die zu füllenden Schüsseln stellen kann, mit einem schräg nach unten geneigten Deckel, innen aufgeteilt in vier Fächer für Geflügel-, Esel-, Schaf- und Hundefutter. Ich kann den Trog nie aufmachen, ohne ein stilles Dankgebet an Fritz zu senden. Wie unordentlich war das doch, bevor wir diesen Trog hatten.

Dann nahm sich Fritz alle paar Monate sämtliche Messer und Scheren im Haus vor (mit dem Resultat allerdings, dass wir zweimal kurz darauf unachtsame Köchinnen mit Schnittverletzungen ins Spital zum Nähen der durch scharfe Messer entstandenen Wunden bringen mussten). Eine weitere Arbeit war das Spalten unseres Brennholzes. Wir benötigen jeden Winter etliche Klafter Holz, um unser nicht gerade kleines Haus warm zu halten. Und nicht nur das: Er schichtete die Scheite zuerst an der Wand eines Schopfes auf, damit sie da ihre zwei bis drei Jahre trocknen konnten, und brachte sie im dritten Jahr vor die Tür beim Haus, hinter der sich die Heizung befindet, um sie auch da nochmals schön aufzuschichten, so schön, dass ich davon sogar ein Foto machen musste.

Zurück zu Fritz: Er war als Bauernbub zusammen mit elf Geschwistern aufgewachsen. Deshalb kannte er auch alle Arbeiten der Bauern. Er verstand es, mit der Sense zu mähen, diese fachgerecht zu dengeln, dann das Heu einzubringen (wobei wir ihm natürlich helfen durften). Einmal allerdings, da hat unser lieber Fritz ein zwar winziges Feld mit Dinkel für frisch angesäten Rasen gehalten und abgemäht. Nicht unbedingt zu meiner Freude. Aber im Berner Oberland kennt man wohl keinen Dinkel. Fritz verstand es, sich während vieler Jahre unentbehrlich zu machen. Als er nicht mehr kommen konnte, vermissten wir ihn sehr – und eigentlich vermisse ich ihn auch heute noch. Obwohl: Das, was Susis Papa für uns tat, wird jetzt von Beates Papa erledigt. Glücklich die, die Mitarbeiter haben, die jeweils gleich noch den Papa zum Helfen mitbringen! Ohne all diese Hilfen wäre mein Leben lange nicht so einfach und damit schön.

Jetzt, beim Schreiben, überlege ich mir, ob es nicht viele sich langweilende, zwar pensionierte, aber körperlich immer noch tüchtige Männer und Frauen gäbe, solche, die die Arbeit im Garten vermissen, die aber zum Beispiel einer Bergbauernfamilie beim Heuen oder im Garten behilflich sein könnten. Es müsste wohl eine zentrale Vermittlungsstelle geben, bei der sich die eine wie die andere Seite melden könnten und wo man die genauen Bedingungen einer solchen Hilfsaktion für beide Seiten festlegen müsste. Bin ich da zu optimistisch oder zu blauäugig? Oder gibt es gar schon so etwas, und ich weiss es nicht?

Aber es gibt auch noch ganz andere Möglichkeiten, sich sein Alter schön zu gestalten. Beispiel: meine Freunde Gisela und Hans, beides passionierte Apotheker. «Passioniert» heisst ja «leidenschaftlich». Und so fassten sie ihren Beruf auch auf. Sie spezialisierten sich auf Homöopathie, ein unendlich weites Feld, das viel Fachstudium verlangt. Ich lernte die beiden kennen, weil Hans vor vielen Jahren seiner Gisela zum ich glaube vierzigsten Geburtstag einen Kurs bei mir schenkte. Aus dem einen Kurs wurde jedes Jahr ein weiterer. Und als ich Gisela keine neuen Kursthemen mehr vorschlagen konnte (damals bezogen sich alle Kurse auf textile Arbeiten: spinnen, färben, weben, stricken), schlug sie mir einen Kurs vor, den sie leiten wollte: nämlich was eine Hausfrau aus Wildpflanzen selbst machen kann, zum Beispiel Spitzwegerichsirup gegen Husten, verschiedene Tees aus Wildkräutern, die bei uns wachsen und die bei unendlich vielen Gebresten wirksam sind, schliesslich auch verschiedene Hautcremen und sogar, wie man selbst Lippenstift herstellen kann. Ihr Hans wollte auch mitmachen. Er unterrichtete während seiner Ferien in Fotografieren. Er ist ja selbst ein begeisterter Fotograf. Man sehe sich nur mein Buch «Das Jahr in Kathrins kleiner Welt» an. Beide sind begeisterte Bergsteiger. Beide machen praktisch alles zu zweit. Beide planten ganz bewusst ihr «Leben nach der Arbeit», sprachen immer davon, dass sie nach ihrem sechzigsten Altersjahr ihre Apotheke verkaufen und unmittelbar darauf eine Weltreise machen wollten. Ich zweifelte im Stillen, ob sie es wirklich fertig bringen würden, ihre geliebte Apotheke zu verkaufen. Sie konnten es. Und auf dieser Weltreise sind sie seit etlichen Monaten – und senden mir etwa alle zehn Tage einen Reisebericht per E-Mail. Wenn sie dann ihre Reise beendet haben, dann hoffe ich, sie wieder bei mir im Haus zu haben. Sei es für Kurse, sei es für anderes. Ich bin berühmt dafür, immer wieder «lustige» Arbeiten zu erfinden …

Meine Liste ist noch lange nicht fertig.

Da ist zum Beispiel mein Schulkamerad Walter. Und mit ihm seine Frau Gertrud. Während ihres Arbeitslebens waren die beiden Schulabwarte (in Deutschland, so habe ich gelernt, nennt man sie Hausmeister). Walter (er ging ja wie ich in Arosa zur Schule, kann also gut Ski fahren) begleitete die Schulklassen jeweils in die Skiwoche. Ich kann mir vorstellen, dass die Lehrer über diese Hilfe froh und dankbar waren. Walters erste Arbeit nach der Pensionierung war, dass er mich auf eine zwei Monate dauernde Signierreise begleitete. Als Fahrer, als zuverlässiger Helfer, wenn die Buchhändler von irgendeinem Titel zu wenig hatten und Walter zu unserm oft weit weg parkierten Auto gehen musste, um Nachschub zu holen und um Lieferscheine zu schreiben. Walter ist um etliches kleiner als ich. Wenn ich ihn jeweils als meinen Bodyguard vorstellte, blähte er sich vor Stolz auf und war gleich um ein paar Zentimeter grösser. Dann erlitt Gertrud einen Schlaganfall, von dem sie sich dank Walters Fürsorge wieder beinahe ganz erholt hat. Die beiden haben ein fixes Programm, um ihre Tage zu gestalten: Sie sind in einem Fitnessclub, trainieren und schwimmen dort – ich weiss nicht ob täglich oder zumindest mehrere Male in der Woche, dann machen sie Krankenbesuche bei Menschen, die allein sind, und schliesslich haben sie immer denselben Nachmittag in der Woche, der dem Jassen, dem schweizerischen Nationalsport, gewidmet ist. Das heisst, ein Sport ist es nicht, aber ein Kartenspiel, bei dem man seine sieben Sinne sehr beisammenhaben muss. Ich behaupte, dass einer, der das Jassen nicht in den Kinderjahren gelernt hat, dieses Spiel im Alter kaum mehr mit all seinen Varianten erlernen kann. Bei diesem Spiel braucht man – sofern man gewinnen will – all seine verfügbaren Hirnzellen. Hirnfitness sozusagen. Dazu kommt, dass bei den meisten Varianten je zwei Partner gegeneinander spielen. Das heisst, schlecht spielen bringt auch den Ärger, die Schelte des Partners ein. Also doch ein Sport, und zwar meist ein Mannschaftssport!

Um bei meinen Fahrern zu bleiben: Da ist auch Armin, pensionierter Postbeamter und vor seiner Postlaufbahn Lastwagenfahrer. Genau das, was ich brauche. Armin hat – neben Autofahren – noch ein ganz besonderes Hobby, das ihn sehr ausfüllt: Orchideen! Er ist Mitglied beim Deutschen Verein der Orchideenfreunde und macht mit diesem oft weite Reisen, auch in ferne Länder, bei denen ihn Waltraud, seine

Frau, manchmal begleitet. Nur manchmal. Denn um diese Reisen finanzieren zu können, haben die beiden einen Nebenerwerb, um den ich sie nicht beneide: Sie tragen Zeitungen aus! Arbeitsbeginn um 3.00 Uhr morgens, sechsmal in der Woche. Und wenn Armin mit mir unterwegs ist, macht Waltraud die Arbeit allein. Ohne schon je einmal bei mir gejammert zu haben. Eine Frau allein so früh am Morgen bei einer Arbeit auf der Strasse. Das, liebe Freunde, ist eine Arbeit, die ich niemandem empfehlen möchte. Umso grösser ist mein Respekt und meine Dankbarkeit gegenüber Waltraud.

Dann sind da Hans und Hilde. Ich lernte sie kennen, kurz bevor sie pensioniert wurden. Hans war leitender Mitarbeiter einer grossen Baufirma, Hilde arbeitete auf einem Büro, war noch etwas länger berufstätig als Hans. Er hatte beschlossen, nach seiner Pensionierung Hausmann zu werden, also vor allem zu kochen. Um das zu erlernen, kam er zusammen mit seinem Sohn Thomas und zwei Freunden zu einem Kurs zu mir. Einem speziellen Kurs, «Männerkochen». Also ein Kurs, bei dem Männer, die nicht einmal wissen, wie man Kaffee aufbrüht, die keine Ahnung davon haben, wie man Eiweiss und Eigelb voneinander trennen kann, am Ende des Kurses alles wissen, was es braucht, um ein schmackhaftes Essen auf den Tisch zu bringen. Angefangen beim Einkauf, dann wie man die verschiedenen Zutaten waschen, putzen, schneiden, eventuell abwägen muss, wie man die Zeit optimal einteilt, damit das Essen auch rechtzeitig auf dem Tisch ist. Auch wie ein Tisch gedeckt werden soll und schliesslich: dass es Ehrensache ist, die Küche wieder ordentlich aufzuräumen.

Ich glaube, einen eifrigeren Schüler als Hans hatte ich nie. Mittlerweile ist es zur Tradition geworden, dass ich bei Hans und Hilde zum Essen eingeladen bin, wenn ich mich in ihrer Gegend aufhalte. Selbstverständlich schwingt Hans dann den Kochlöffel. Zudem hilft Hans seinem Schwiegersohn, der ein altes Bauernhaus gekauft hat, immer wieder beim Umbau. Bei einem eigenen Haus geht ja die Arbeit den Männern – besonders wenn sie im Baufach tätig waren – sowieso nicht aus, solange sie körperlich noch mithalten können.

Und Hilde? Sie strickt und häkelt für ihre vier Enkelkinder, für die sie immer und jederzeit da ist (und die sie verwöhnt). Ich denke, dass in einer intakten Familie, die relativ nahe beieinander wohnt, das Problem der Langeweile der älteren Generation beinahe ganz wegfallen kann. Und eben – Handarbeiten sind, sofern Augen und Hände noch mitmachen, ebenfalls ein Rezept, Altsein zu bewältigen. Ich kenne sogar einen Mann, Heinrich, der eifrig bemüht ist, im Alter von neunundsechzig Jahren noch stricken zu lernen.

Wenn ich schon von Handarbeiten rede: Ich liiiebe es, zu Strick- oder Häkelarbeiten Radio zu hören. Das tat ich schon als junges Mädchen. Abgesehen davon ist Radio hören auch heute noch eine meiner Lieblingsbeschäftigungen. Wir haben kaum Zeit, Tageszeitungen zu studieren. Deshalb sind auch keine abonniert. Aber wissen, was in der Welt passiert, das möchte ich schon. Und dazu ist das Radio die beste Informationsquelle. Besonders, seit stündlich Nachrichten gesendet werden. Ich habe ja auch die Vergleichsmöglichkeit zwischen deutschen, italienischen und schweizerischen Radiosendungen. Von mir bekäme Radio DRS 1 eine Goldmedaille.

Doch jetzt wieder zu den pensionierten Männern. Da muss ich auch Adi erwähnen. Er war bei der Bundeswehr und wurde pensioniert, als seine Frau Margret noch lange berufstätig war. Auch er hatte sich, kaum war er pensioniert, Arbeiten vorgenommen. Da war – einmal mehr – Arbeit in meinem Haus. Er übernahm den Posten von Fritz als Messerschleifer (wiederum mit Fahrten zum Arzt, um Schnittwunden der unachtsamen Köchinnen zu nähen), und dann machte er zusammen mit seinem Bruder Conny das, wovon ich schon viel früher erzählt habe: Er baute den ehemaligen Hühner- dann Heustall zu meinem Stallbüro aus. Zudem ist er ein begabter Videofilmer und hat zwei abendfüllende Filme über all unsere Tätigkeiten im Winter und im Sommer gedreht und vertont und schliesslich auch entsprechende Kurse erteilt.

Damit sind die Vorschläge zur Beschäftigung im Alter aber noch lange nicht erschöpft. Ich denke da einmal mehr an hilfreiche Freunde: Ursi und Jochen. Er Elektrikermeister im eigenen Betrieb mit etlichen Mitarbeitern. Sie neben ihrer Hausfrauenarbeit verantwortlich für die Administration dieses Betriebs. Jochen pflegte ein Hobby, das Ursi nicht unbedingt gefiel: Er war leidenschaftlicher Angler. «Immer diese vielen Fische ...» Ursi ist vor ein paar Monaten gestorben. Vielleicht sieht sie ja, wie gut es ist, dass Jochen sein Hobby hat. Eine Beschäftigung, der man gerne nachgeht, kann tröstlich sein. Ich hoffe, Jochen auch wieder bei mir zu sehen. Auch hier gibt es schöne Möglichkeiten zum Angeln (und in meinem Haus Elektrisches zu reparieren).

Das Wort «helfen» kommt in diesem Kapitel sehr oft vor. Helfen, weil es einem Spass macht. Helfen, weil man etwas kann oder weiss, was anderen schwer fällt oder gar unmöglich ist. Die Dankbarkeit erfahren. Tönt komisch: Helfen ist eine wertvolle Hilfe, Freude im Alter zu empfinden. Und während ich das schreibe, denke ich, dass ich – falls ich einmal in einem Altersheim leben müsste – mich wohl zum Küchendienst melden würde. Allerdings: Dass meine Hände dann den Kartoffelschäler halten könnten, glaube ich nicht. Aber es gibt noch viele andere Arbeiten in der Küche, die ich liebend gerne mache, abgesehen vom Kochen an sich. In meinem Haus ist es jetzt so, dass ich oft heimlich – wenn niemand es merkt – die Geschirrwaschmaschine ausräume.

Erstens – wie gesagt – mache ich das gerne und zweitens weiss ich dann, dass alles an dem Ort ist, wo ich es suchen würde, wenn ich denn kochen dürfte.

Überall da, wo aus dem «Müssen» ein «Dürfen» wird, ist das Leben schön – kann sogar schön sein, wenn der Körper nicht mehr so mitmacht, wie man es gerne möchte. Ich würde ja liebend gerne darüber jammern, sofern das etwas nützen würde. So lass ich es lieber sein und geniesse das, was mir noch möglich ist. Zwei Genüsse, die mir sehr wichtig sind, sollen im übernächsten Kapitel genüsslich beschrieben werden.

Tagebuch, August: Abtauchen in Schuls

Zwei Wochen meiner Kur in Schuls sind vorbei. Die Fortschritte, die ich gemacht habe, sind beachtlich. Mein Schritt ist wieder energisch, meine Hände lassen sich beinahe – beinahe – wieder zu Fäusten ballen und das Schöne: Ich habe zwei Kilogramm abgenommen, obschon das Essen ausgezeichnet ist. Mehr darf (und kann) man ja nicht verlangen! Nach einigen Anfangsschwierigkeiten habe ich auch hier einen Rhythmus gefunden, der mir behagt: Manchmal habe ich noch vor dem Frühstück meinen Termin für Bewegungstherapie im Wasser. Das ist eine wunderbare Sache: Da gehört das ganze Bad meist meiner Therapeutin und mir ganz allein. Da komme ich mir dann regelrecht königlich vor.

Um 9.00 wird das Bad für das Publikum geöffnet. Es lohnt sich, so früh wie möglich all die verschiedenen Sprudelbäder im Freibad zu benützen. Um diese Zeit sind noch nicht viele Leute da. Nach einigen Tagen kennt man sich. Ich pflege mein Vergnügen, andere Menschen mit ihren Gewohnheiten, die zum Teil den meinigen hundertprozentig entgegengesetzt sind, zu beobachten. Da gibt es ein, zwei ältere Damen, die marschieren mit verbissenem Gesicht, wie wenn sie einen Marathon gewinnen müssten, eine halbe Stunde lang ringsum, ringsum, ringsum in der sprudelnden Strömung. Ob die etwas vom schönen Panorama mitbekommen, von den Blumen, die in allen Farben am Beckenrand leuchten, von den schönen Wolkenbildern?

Dann gibt es ein Dampfbad. Eine wunderbare Sache. Mindestens zehn Minuten, manchmal auch länger, bleibe ich darin. Duschen. Dann gibt es ein Kaltwasserbecken, puhh. Ich behaupte einfach, das sei für meine alten Knochen schädlich, lasse das aus, tauche dafür ins Warmwasserbecken, und schliesslich verweile ich mindestens zehn Minuten im Solebad. Da liege ich, den Kopf am Rand, die Füsse an eine Säule gestützt, lasse mich von den Bewegungen des Wassers schaukeln.

Bei all diesen Vergnügungen habe ich Zeit, über irgendein Thema nachzudenken. Zum Beispiel, worüber ich noch schreiben könnte, wenn dieses Buch fertig ist, zum Beispiel, wem ich diese Art Kur empfehlen könnte. Ich habe da ganz bestimmte Personen im Kopf. Ein anderes, immer verführerisches Thema ist es zu überlegen, wie wir die Kochsendungen nächstes Jahr konzipieren könnten, welche Themen wir noch nicht bearbeitet haben, was ich also meinem Kollegen Werner noch vorschlagen könnte. Nein, nach dem Bad fühle ich mich kein bisschen müde, mache jeden Tag einen etwas längeren Spaziergang mit dem Fotoapparat und setze mich dann schliesslich dahin, wo ich jetzt gerade sitze: an mein Schlepptop – den Vermittler für mein langes, langes Gespräch mit Ihnen, liebe Leserinnen und Leser. Und wenn Sie mich jetzt beneiden wollen: Bitte, das dürfen Sie – mit meiner ausdrücklichen Bewilligung sogar.

Lesen und Hören: Geistiges Fitnesstraining

Mit «Lesen» meine ich Bücher lesen und mit «Hören» der Musik lauschen, die ich mag.

Zuerst die Bücher: Ich werde oft gefragt, was ich denn gerne lese. Bis vor wenigen Jahren habe ich geantwortet: «Jede Literatur, die mich fesselt, die zum Beispiel meinen Horizont erweitert, also Biographien, Reisebeschreibungen, historische Romane. Oder Bücher, über die ich schmunzeln kann.» Wenn ich bei Letzteren jetzt so spontan auswähle: Erich Kästner, oder Tucholsky, oder unsern lieben Klaus Schädelin mit seinem «Mein Name ist Eugen». Über diese Geschichte lache ich jedes Mal wieder, obwohl ich sie beinahe auswendig kenne. Nun soll das Buch sogar verfilmt werden. Ich weiss schon jetzt, dass ich mir diesen Film nicht ansehen werde. Ich habe *meinen* Eugen und den Wrigley und wie sie alle heissen im Kopf. Ich brauche keinen Film dazu zu sehen. Ich weiss noch, wie unendlich enttäuscht ich war, als ich – nach begeisternder Lektüre der Heidi-Geschichte – die erste Verfilmung davon gesehen hatte. Verfilmt in Hollywood mit Shirley Temple.

Lesen hat den riesigen Vorteil, dass ich nicht nur meine Augen, sondern auch mein Hirn brauche. Ich muss Worte umwandeln in Menschen, muss mir vorstellen, wie sie gekleidet sind, wie sie sich bewegen. Muss Worte umwandeln in Landschaften, Gerüche, Geräusche, Gefühle. Ich behaupte, dass Lesen eine Art Gehirnfitnesstraining ist. Würde ich heute hier sitzen, Seite um Seite schreiben (manchmal flirren die Ideen nur so in meinem Kopf herum, dass die Hände nicht nachkommen mit Schreiben), wenn ich nicht Zeit meines Lebens so unendlich viel gelesen hätte? Wir hatten in unserm Hotel in Arosa eine Gästebibliothek. Die hatte ich schon von A bis Z durchgelesen, als ich kaum Teenager war (inklusive Boccaccios «Decamerone»!!).

Ich bete, dass meine Augen noch lange mitmachen werden. Eine Brille brauche ich schon lange. Nicht vorstellen kann ich mir, nicht mehr lesen zu können, zu dürfen. Allerdings: Heute bin ich darauf bedacht, Bücher zu kaufen, die möglichst gross gedruckt sind. Ich widerstehe tapfer der Versuchung, ein Buch zu kaufen, nur weil der Inhalt mich interessiert. Der Druck muss gross genug sein. Basta.

Natürlich gibt es auch die Lektüre von Zeitungen. Aber eben, um die neusten Nachrichten zu erfahren, ziehe ich das Radio vor. Allerdings, wenn ich nicht zu Hause bin, leiste ich mir den Luxus, die Tageszeitungen während des Frühstücks ganz genüsslich von A bis Z zu studieren. Weil ich mich ja selbst beobachte: Je älter ich werde, desto intensiver lese ich Todesanzeigen. Auch an Orten, an denen ich kaum jemanden kenne. Dabei geht es mir in erster Linie um das Lebensalter der Verstorbenen. Waren sie älter als ich, bin ichs zufrieden. Waren sie jünger, dann tun sie und ihre Angehörigen mir leid. Und gleichzeitig bin ich dankbar, dass ich noch hier sitzen und lesen kann. Letzthin las ich in einer Todesanzeige einen Satz, der mich tief berührt hat, für einen Lukas, der nicht einmal fünfzig Jahre alt geworden ist: «Du bist nicht wirklich von uns gegangen. Nur ‹vorgegangen›, um höhere Aufgaben zu bewältigen. Es sind die Guten, die gebraucht werden und gehen müssen. Umgekehrt wäre es oben ein Gedränge und hier unten leer.» Solche Sätze lassen mich über vieles nachdenken. Was für ein Mensch war dieser Lukas? Weshalb musste er so früh sterben? Oder soll das ein Wink mit dem Zaunpfahl an die Mitmenschen von Lukas sein, die ihn nicht verstanden, falsch eingeschätzt haben? Eigentlich wäre ich versucht gewesen, an die unbekannte Trauergemeinde ein paar Worte zu schreiben. Aber die Todesanzeige war nur unterschrieben mit «Dein Bruder». Der Gedankenfaden spinnt sich von selbst weiter: Zu welcher Gattung gehöre ich eigentlich? Offenbar zu den weniger Guten – aber ich habe auch das Gefühl, hier unten noch gebraucht zu werden. Ob als guter oder weniger guter Mensch. Solche Gedankengänge, Fragen, könnten Stoff für ganze Geschichten sein.

Aber jetzt wieder zum Lesen von Büchern: Manchmal erwische ich einen Roman, in dem viele Personen auftreten. Zu viele Personen. Am zweiten Abend muss ich mir – wenn ich weiterlesen will – lange überlegen, wer nun diese oder jene Person war. Manchmal mache ich es mir leicht. Lege ein solches Buch weg und nehme eines mit Kurzgeschichten hervor oder eines, in dem ich einfach ein paar Kapitel lesen kann, ohne dass ich die Zusammenhänge ständig im Kopf haben muss. Ich habe selbst ein solches Buch geschrieben: «Begegnungen». Ich höre es immer wieder von Vorleserinnen in Altersheimen, dass Kurzgeschichten für ältere Leute ideal sind. Ist das Altersfaulheit? Einzige Entschuldigung: In meinem Alter darf ich mir diese Faulheit – manchmal – doch leisten.

Noch ein Buch ist unbedingt zu erwähnen. Eigentlich das allerwichtigste, wenn es um Lektüre geht. Die Bibel! Es gibt eine moderne Übersetzung, die Zürcher Bibel, die die oft umständliche Sprache älterer Bibeln geglättet hat. Wenn ich die Lektüre der Bibel definieren soll: Hier sind alle Gattungen der Literatur vereint, von erotischen Texten (das Hohe Lied) bis zum Krimi (zum Beispiel die Passionsgeschichte). Es mag sein, dass die altmodisch geschriebenen Bibeltexte, an die wir Älteren eben gewöhnt sind, manche Jüngere von dieser Lektüre abhalten. Mich faszinieren sie.

Ich weiss von einigen meiner Freunde, dass sie höchstens noch Zeitung lesen, dafür aber leidenschaftlich gerne fernsehen. Ich beobachte gar, dass sie – ohne ein Programmheft zu konsultieren – einfach mit der Fernbedienung durchs Programmangebot hüpfen. Das mache ich nie. Wenn ich schon fernsehe, dann ganz genau geplant das, was mich interessiert. Und sonst halt lieber lesen.

Es ist zwar beinahe eine Nestbeschmutzung, weil ich ja auch beim Fernsehen arbeite, aber ich sehe es eben so: Fernsehen ist eine Art Fastfood. Fertig gekocht, gekauft und sogar noch vorgekaut! Mein Hirn hat gar nichts mehr zu tun. Meine Augen müssen schauen, meine Ohren hören – die Fantasie, das Vorstellungsvermögen wird nicht gefordert. Und am nächsten Morgen weiss ich schon nicht mehr, wer gestern Abend im Krimi schliesslich der Mörder gewesen ist. Nicht, weil ich nicht aufmerksam zugeschaut hätte, sondern weil mein Hirn offenbar so gepolt ist, dass es Gelesenes besser registriert als – eben – Vorgekautes.

Was ich lese wie andere Menschen Krimis, das sind Kochbücher. Manchmal stehen mir die Haare zu Berge, wenn ich moderne Kochbücher durchstöbere und immer noch gewagtere Kombinationen von Lebensmitteln vorgeschlagen bekomme. Ich gebe zu, manchmal interessiert mich das so, dass ich es dann in meiner Küche umzusetzen versuche. Manchmal mit, sehr oft aber ohne Erfolg. Die gute alte Grossmutterküche ist für mich immer noch die beste. Aber jetzt bin ich beim Lesen und nicht beim Kochen (und überlege mir, ob ein Kochbuch für Senioren nicht auch ein ergiebiges Thema wäre).

Lesen hat noch andere Vorteile: Einerseits erweitert es den Sprachschatz, andererseits bin ich sicher in Bezug auf Orthographie und Interpunktion. Und da kommt einmal mehr eine sorgenvolle Bemerkung: Wie sollen junge Menschen, die nur noch fernsehen, lernen, sich schriftlich auszudrücken? Ich beobachte zum Beispiel, dass viele Junge, wenn sie etwas schreiben müssen, sich in ihren Dialekt flüchten. Da gibt es keine Orthographieregeln. So merkt der Lesende weniger, dass sie Schriftsprache eigentlich nicht schreiben können, sie überhaupt nicht beherrschen. Ein Horror war es vor einigen Jahren, ein Entschuldigungsschreiben einer Mitarbeiterin zu lesen. Sie schaffte es, in zwölf computergeschriebenen Zeilen 52 (zweiundfünfzig!) Orthographiefehler zu machen. Nun kann man argumentieren, das sei ein Problem, das uns Alte nichts mehr angeht. Aber – so frage ich – sollten wir alle, sollte ich, nein, muss ich hier nicht den Mahnfinger erheben? Wo endet unsere ganze Zivilisation, wo enden die nächsten Generationen, wenn all diese Werte still und heimlich untergehen? Was wir dagegen tun können? Eigentlich herzlich wenig. Aber Grosseltern können zumindest ihren Enkeln Geschichten vorlesen, um ihnen damit Freude am Geschriebenen zu vermitteln. Wie froh war ich doch, als der Run auf die Harry-Potter-Bücher begann. Harry Potter sei Dank wurde wieder gelesen. Und heute? Da kaufen die Kinder die Bücher immer noch. «Weil man sie haben muss», so wie man Schuhe und Kleidung von einer gewissen Marke tragen muss, um bei den Mitschülern «in» zu sein. Aber wie viele der Kinder, die womöglich bis tief in die Nacht vor der Buchhandlung warten, um den neuen Harry Potter sofort zu besitzen, lesen das Buch dann überhaupt nicht, sondern warten, bis sie die Geschichte im Kino ansehen können? Nein, ich bin es nicht gewöhnt, pessimistisch zu schreiben. Aber hier nützt Pessimismus vielleicht ein bisschen, weil meine Worte diejenigen, die etwas dagegen tun könnten, aufrütteln sollen.

Ganz ähnlich liegen die Dinge bei der Musik. Gibt es das Schulfach «Singen» überhaupt noch? Wer bringt den Kindern die schönen Volkslieder noch bei? Die Mütter? In welchem Haus wird noch musiziert? Gut, wer es vermag, schickt sein Kind in den Musikunterricht. Aber was nützt der, wenn das Üben für die nächste Musikstunde nur noch «Müssen» ist, wenn das in der Musikstunde Erlernte nicht zum Beispiel am Abend nach dem Nachtessen angewandt wird? Es ist doch gar nicht so wichtig, wenn die Blockflöte quietscht, die Gitarre nicht richtig gestimmt ist. Wichtig ist doch das gemeinsame Musizieren und Singen – so wie wir das mit meinen vielen Praktikantinnen und Zöglingen gemacht haben. Das gibt ein wunderschönes Zusammengehörigkeitsgefühl. Manchmal sehne ich mich nach jenen Zeiten. Ich bin aber zu müde geworden, um diese Tradition noch aufrechtzuerhalten. Da müsste ich auf jüngere Kräfte bauen können – und von der heutigen Musik, die in meinen Ohren nur noch nach Bumbumm tönt, mag ich schon gar nichts wissen. Was ich mag: zum Beispiel Haydns Trompetenkonzert in C-Dur oder das Mozart-Violinkonzert am Sonntagmorgen zum Frühstück. Zum Beispiel Bündner Ländlermusik, die mich an daheim erinnert (mein Vater war ein Virtuose auf dem Schwyzerörgeli), zum Beispiel Volkslieder. Ich denke, Alter erlaubt es auch, genau die Musik zu hören, die man selbst mag – und die andere Musik schlicht grässlich zu finden ...

Altersfallen: Vooorsicht!

Irgendwo habe ich eine Statistik der Unglücksfälle gelesen. Ein sehr hoher Prozentsatz von Unfällen entfällt auf Menschen, die über sechzig Jahre alt sind. Ich gebe zu, ich bin auch zu jenen zu zählen, die für Unfälle prädestiniert sind. Allerdings nicht erst, seit ich so alt bin. Aber mir fällt eben auf, wie viel mehr gefährdet ich bin, seit meine körperliche Leistungsfähigkeit nachlässt. Beispiele? Was habe ich doch für Mühe, mich aus der Badewanne wieder hochzurappeln. Und wenn ich dann endlich wieder stehe, fürchte ich mich davor auszugleiten – und bin gerade deshalb noch unsicherer und tappiger. Eine Sicherheitsmassnahme wäre ein rutschfester Belag auf dem Wannenboden. Derjenige, den ich vor einiger Zeit geschenkt bekommen habe, entpuppte sich aber als trügerisches Hilfsmittel. Ich verliess mich auf dessen Rutschfestigkeit und glitt mitsamt dem Belag aus. Und wenn ich schon beim Thema Baden bin: Susi hat eine Zeit lang in einem Altersheim gearbeitet. Seither predigt sie jedes Mal, wenn ich mein Badewasser einlaufen lasse, dass ich die Badezimmertür nicht abschliessen darf. Wie Recht hat sie doch! Wer unter Umständen lebt, in denen er das Badezimmer doch abschliessen will, der soll doch zumindest den Schlüssel innen aus dem Schloss entfernen. Dann bedingt eine eventuell nötige Hilfsmassnahme wenigstens nicht das Zertrümmern der Badezimmertür.

Manchmal – vor allem im Winter – fluche ich (ja, wirklich!) auch still vor mich hin, weil das Anziehen so umständlich geworden ist. Seit ich einmal das Gleichgewicht verloren habe, als ich in meine Jeans steigen wollte, setze ich mich ganz bewusst aufs Bett, um all die Verrichtungen vorzunehmen, die das Hochheben eines Beines bedingen (Strümpfe und Socken, Hosen, Schuhe anziehen). Jemand, der noch fit genug ist, mag über diese Worte vielleicht lächeln. Aber warte nur, in Bälde wackelst auch du – und bist vielleicht froh um diese Warnung, weil sie dich vor einem Sturz bewahren kann.

Ein neues, ekliges Gefühl der Hilflosigkeit habe ich während meiner Badekur erlebt: Auf dem Balkon gab es einen zusammenklappbaren Liegestuhl, dessen Sitzfläche, ist er aufgeklappt, etwa dreissig Zentimeter hoch ist. Ich genoss die schöne Sonne, las in meinem Buch, aber irgendwann wollte ich aufstehen – und konnte nicht! Einfach nicht. Ich kam aus dieser für mich zu niedrigen Hocke einfach nicht hoch. Meine Knie wollten nicht, und mein Po zog mich wie mit Blei gefüllt zurück auf den Stuhl. Verzweifelt versuchte ich, mich am Rahmen der Balkontür hochzuziehen. Dort glitt ich mit meinen Händen ab. Zum Glück konnte niemand meine vielen vergeblichen Versuche sehen. Schliesslich drehte ich mich, liess mich auf den Boden fallen, robbte bis zu einem Stuhl, an dem ich mich – uff – endlich hochziehen konnte. Schlussfolgerung: den Liegestuhl so mit Kissen belegen, dass die Sitzfläche höher wird. Zur Sicherheit den Stuhl direkt neben den Liegestuhl stellen, die Zimmertür nicht abschliessen und mein Handy immer in Reichweite haben. Trost: Mein Hirn muss sich eben anstrengen, um den Tücken der schwindenden Beweglichkeit entgegenzutreten. Dumm – und vielleicht gefährlich – ist es, dass ich solche Vorsichtsmassnahmen immer erst ins Auge fasse, wenn ich wieder eine unangenehme Erfahrung gemacht habe und mir überlegen muss, wie ich dieser in Zukunft ausweichen kann.

«Ins Auge fassen.» Das sollte ich mir viel besser merken. Ich habe nämlich immer noch die aus Kinderzeiten stammende Angewohnheit, mich im Dunkeln zu bewegen. Nachts ohne Licht aufs Klo zu gehen. Auch im Treppenhaus kein Licht zu machen, obwohl da kein Tageslicht hinkommt. Zum Glück habe ich so aufmerksame Mitmenschen um mich herum, die deswegen immer und immer wieder mit mir schelten. Ich verspreche zwar immer, mich bessern zu wollen – und vergesse es dann wieder. Vielleicht bricht mir das irgendwann das Genick!

Und dann gibt es noch ein ganz anderes Gebiet, auf dem alte Menschen ganz besonders vorsichtig sein sollten – nein, müssen: Betrüger! Ich selbst bin kürzlich mit einer Art von Betrügerei konfrontiert worden. Mancher könnte einer solchen Betrügerei, oder einer in ähnlicher Form, aufsitzen, auch wenn kein Computer mit im Spiel ist. Also: Ich war irgendwo abwesend, als Susi mich aufgeregt auf dem Handy anrief: «Wir haben eine halbe Million Dollar gewonnen. Juhui! Ich hätte auch schon einige Vorschläge, was wir damit machen könnten …»

«Mach mal laaaangsam. Erzähle!»

«Also, da war heute Morgen ein E-Mail an dich. In Englisch. Congratulations, 500 000 Dollars are yours – herzlichen Glückwunsch, Ihnen gehören 500 000 Dollar. Mr. Bill Gates habe diese Summe zur Verfügung gestellt, und wir seien unter dreissig Millionen Internetanschlüssen ausgewählt worden.»

«Schön wärs. Aber da ist doch ein Wurm drin.»

Der Wurm war drin. Ich sollte meine Bank und meine Kontonummer angeben, damit man mir die Summe umgehend überweisen könne. Trotz meiner Skepsis tat Susi das. Dann kam ein zweites Mail: Damit die Überweisungsformalitäten erledigt werden könnten, soll ich doch bitte bis in einer Woche auf ein Konto in den Niederlanden 1050 Euro überweisen. Susi antwortete, ich wäre gerne bereit, diesen Betrag auf ein Sperrkonto in der Schweiz zu überweisen und ihn freizugeben, wenn die halbe Million Dollar auf meinem Konto eingetroffen sei. Dann kam nichts mehr. Doch! Mein Computer war – trotz eines Antivirusprogramms – von einem Virus befallen, der meinen gesamten Internetverkehr für mehr als einen Monat lahm legte. «Sälber tschuld – selbst schuld», ärgerte sich Susi über sich selbst. Auch mein Ärger ist am grössten, wenn ich mir selbst die Schuld geben muss!

Eine wohl noch gefährlichere Art von Betrügerei erlebte meine kürzlich verstorbene Freundin Ursi, als sie mit dem Zug zu mir ins Tessin fahren wollte. In Luzern hatte der Zug einige Minuten Aufenthalt. Ursi bemerkte auf dem Bahnsteig einen Mann, der ihr offenbar etwas sagen wollte. Sie stand auf, öffnete das Fenster. Der Mann gestikulierte, zeigte in eine Himmelsrichtung. «Ich nix deutsch», war seine Antwort, als sie nach seinem Begehr fragte. Sie schloss das Fenster wieder, setzte sich – und stellte fest, dass ihre Handtasche mit Fahrkarte, Geldbeutel, Kreditkarten, Telefonverzeichnis und Schlüsselbund weg war … Ich schenkte ihr darauf ein Täschchen mit Schnur, in dem Kreditkarten, Ausweise und Geldnoten Platz haben und das sie sich um den Hals hängen kann. Vielleicht gibt es sogar so geschickte Diebe, die auch das noch finden. Aber die gröbste Gefahr ist doch gebannt. «Durch Schaden wird man klug», sagte Ursi. Damit gab sie mir das Stichwort für das nächste Kapitel.

Geld: Vom Verdienen und Ausgeben

Auf die Gefahr hin, schon wieder zu jammern, dass früher alles viel einfacher war. Sicher, der bargeldlose Zahlungsverkehr mag seine Vorteile haben. Allerdings nicht für mich. Wohl eher für die Banken, deren Arbeit dadurch zweifellos einfacher geworden ist. Aber ich? Ich werde es wohl bis zu meinem Lebensende vorziehen, mein Essen im Restaurant, meine gelegentlichen Einkäufe im Supermarkt in bar zu bezahlen. Der Stau an der Kasse entsteht allzu oft dann, wenn jemand mit seiner Karte bezahlen will und der Automat an der Kasse die PIN-Nummer nicht schluckt! Was soll ich mit den Kärtchen? Ich habe doch überhaupt keinen Überblick mehr über meine Ausgaben – es sei denn, ich würde die entsprechenden Belege so sorgfältig aufbewahren wie diejenigen bei Barzahlung.

Und das Theater mit den diversen PIN-Nummern! Zusammen mit der Karte soll ich sie nicht aufbewahren. Zum Auswendigbehalten gibt es dafür in meinem Hirn einfach keinen Platz. Also in meinem Telefonverzeichnis notieren. Und wo, bitte, damit niemand sie finden kann? Ein einziges System gibt es, um sich PIN-Nummern zu merken: An gewissen – aber eben nicht allen – Bankautomaten lassen sich die Nummern ändern. Man gibt die von der Bank gelieferte PIN-Nummer ein, erklärt mittels einer Taste, dass man sie ändern will, gibt dann das Geburtsdatum eines Verwandten ein, das sonst kein Mensch mehr wissen kann. Dieses System funktioniert – bei mir wenigstens. Denn diese Nummern haften von jeher in meinem Gedächtnis. Übrigens: Geburtstags-Geheimnummern sind auch empfehlenswert als Sicherung des Safes im Hotelzimmer.

Es gibt ja noch die Möglichkeit, mit Kreditkarten zu bezahlen. Da wird es mir immer flau im Magen. Ich habe noch nie, noch gar nie beobachtet, dass jemand, der Geld von meiner Karte abgebucht hat, auch die Unterschrift auf der Karte mit meiner Unterschrift auf dem Beleg verglichen hat. Ich müsste die Karte ja nur verlieren und das nicht sogleich bemerken. Da könnte einer mein Konto glatt räumen. Für das habe ich nicht gearbeitet!

Zum Kapitel «Geld» erwartet der Leser von mir vielleicht auch noch Hinweise auf Kapitalanlagen, auf Altersvorsorge. Hier muss ich passen. Ich fühle mich nicht kompetent, um Ratschläge zu geben. Ich weiss, ich war in meinem Leben etliche Male viel zu vertrauensselig und bin deshalb auch gründlich – Entschuldigung – beschissen worden («Die arbeitet beim Fernsehen – und dann die vielen Bücher, die kann man doch locker abzocken»). Mein «Vermögen» steckt in meinem Haus. Gewiss, einen Notgroschen habe ich. Aber bei Geldproblemen wende man sich an einen kompetenten Bankberater. Jeder muss ja individuell bedient werden. Meinen Rat braucht es da nicht. Ich wüsste auch gar keinen.

Das Thema Geld hängt auch mit dem Thema Einkauf zusammen – abgesehen von den bereits erwähnten Einkaufsproblemen. Ich – nein, alle die mit mir wohnen – bin es gewohnt, Einkäufe mit einer Liste zu tätigen. Das hängt einerseits mit unserer besonderen Lebenssituation zusammen, andererseits habe ich das schon von meiner Mutter gelernt: Wenn man gezielt einkauft, kann man viel Geld sparen. Und mit leerem Magen soll man wenn möglich nicht Lebensmittel einkaufen. Dann ist die Versuchung, Unnötiges zu erstehen, viel grösser. Der Witz von der Frau im Hutgeschäft, die ihren Geldbeutel zu sehr strapaziert, ist heute wohl überholt. Aber ich denke, dass beinahe jedermann irgendein Gebiet hat, in dem ihm die Kontrolle über die Ausgaben entgleitet. Bei mir – ich muss es zugeben – sind das Gärtnereien und Baumschulen. Da nützen die schönsten Einkaufslisten nichts. Da brennen bei mir alle Sicherungen durch. Ich bin im Stande, irgendeine Pflanze zu erwerben, obwohl ich eigentlich genau weiss, dass unser Klima dafür zu rau ist. Die einzige Vorsichtsmassnahme besteht darin, nur einen begrenzten Geldbetrag bei mir zu haben und – um Gottes willen – die Kreditkarte daheim zu lassen.

Zum Thema Geld gibt es noch einen erwähnenswerten Punkt, den ich bei meinem sehr geliebten Onkel kennen gelernt habe. Er musste mit seiner AHV-Rente leben, wohnte in einem Altersheim in der französischen Schweiz. Ich überwies ihm trotz meines ziemlich kärglichen Einkommens eine monatliche Geldsumme. Oft kam er zu mir zu Besuch. Alle meine damaligen Hausgenossinnen wussten es: Um zehn Uhr morgens mussten sie ihm ein Glas Bier servieren. Einerseits nährte ihn das (er ass wie ein Vögelchen), andererseits mochte er Bier sehr gerne. Susi war es, die ihm am ersten Tag seines Besuches sein Bier servierte und mir dann eine Note, eine Hunderternote hinlegte, die sie soeben von Onkel Arthur für sein Bier bekommen hatte! Wir orientierten unsere übrigen Mädchen entsprechend – und jede brachte mir in den folgenden zwei Wochen täglich eine Hunderternote.

Was mir nicht klar war – und nie klar werden wird: Wollte er mit seiner Brieftasche voller Geld bei den Mädchen angeben? Er war auch im hohen Alter noch ein unbeschreiblicher Frauenverehrer, heute würde man «Womanizer» sagen. Sicher ist: Er hatte offenbar das Verhältnis zu Geld verloren. Ich weiss, dass ich – falls ich so weit kommen sollte und das noch realisiere – jemanden bitten werde, die Vormundschaft für mich zu übernehmen. Allerdings – gross schätze ich diese Gefahr nicht ein. Ich habe zeitweise zu sehr sparen müssen und muss es heute noch, als dass ich den Wert des Geldes nicht realistisch einzuschätzen wüsste.

Wenn ich schon vom Alter und vom Geld rede, dann gehört auch das Thema Testament hierher. Ich weiss, dass ein klar abgefasstes Testament den Hinterbliebenen einen klareren Weg bereitet. Ob damit Streitigkeiten vermieden werden können, hängt von der Einstellung der jeweiligen Erben ab. Die Vorschriften, wie ein Testament abgefasst, wo es aufbewahrt werden soll, sind zu verschieden, um mich hier genauer auszulassen.

Einmal mehr: Hierzu braucht es Fachleute, die einen beraten können.

Warnung: Aus Schaden wird man klug

Ich fühle es: Ich gehe meinen Hausgenossen manchmal auf die Nerven, weil ich sie vor irgendetwas warne. Eindringlich warne. Vor meinem Kuraufenthalt zum Beispiel warnte der Wetterbericht im Radio vor «ergiebigen Niederschlägen im Tessin». Da klingeln bei mir sämtliche Alarmglocken. Jemand, der es nicht schon erlebt hat, kann sich nicht vorstellen, in welch kurzer Zeit sich unser Paradies in eine Hölle verwandeln kann. Dann, wenn auf beiden Seiten des Hauses Bäche herunterschiessen, dann, wenn der Fluss innert Stunden zu einem reissenden Ungeheuer wird und einige Meter ansteigt. Dann ist nämlich die Talstation unserer Standseilbahn gefährdet. Wenn das Wasser ins untere Wägelchen dringt, dieses sich quer zum Wasserstrom stellt, reisst das Zugseil. Lieferfrist eines neuen Seils: zirka zwei Monate. Und dann braucht man noch die richtigen Handwerker. Diejenigen, die das Seil letztes Mal (vor gut fünfzehn Jahren) reparierten, sind inzwischen tot. Hier zu leben ohne Seilbahn, ist so beschwerlich, dass jemand, der es noch nicht am eigenen Leib erfahren hat, es sich nicht vorstellen kann.

Auf den Toiletten gibts eine «Gebrauchsanweisung» für unser Haus. Da steht gross der Hinweis drin, dass man bei starken Regengüssen den Seilbahnwagen etwa fünfzig Meter hochzieht, damit das Wasser ihn nicht mehr erreichen kann. Ein solcher Wetterbericht war also eines Abends wieder zu hören. Ich war sehr versucht, meine friedlich beisammensitzende, fernsehende Mannschaft auf diese Gefahr (die sie ja aus der «Gebrauchsanweisung» kennen musste) aufmerksam zu machen. Ich kämpfte mit mir – und liess es dann sein. Gut geschlafen habe ich in jener Nacht nicht – und zum Glück waren meine Sorgen diesmal unbegründet. Am Morgen strahlte unsere Welt frisch gewaschen. Nur: Ob ich es noch einmal fertig bringen werde, nicht zu warnen – vielleicht auch in einem andern Fall? Ich glaube, das tue ich mir selbst nicht mehr zu Leide. Auch wenn ich auf die Nerven gehe.

Tiere im Alter: Bereicherung oder Last?

Ich weiss, ich darf von meiner Lebenssituation nicht auf die Situation gleichaltriger Menschen schliessen. Ich habe aber auch hier ein Beispiel aufzuweisen. Einmal mehr Susis Eltern. Während der Sommermonate waren sie also bei uns, im Winter zog es sie – damals war mein Haus auch noch sehr klein und primitiv – wieder nach Hause ins Berner Oberland. Wir hatten damals einen Hund – Tasso, ein Sohn von meiner ersten Tessin-Hündin, von Bona. Bona war eine Jagdhündin, die ich aber von klein auf so erziehen konnte, dass sie weder Schafe noch Ziegen jagte. Tasso hatte seine ersten fünf, sechs Lebensjahre bei einem Freund von uns verbracht, der ihn nicht mehr wollte, weil seine Frau ein Kind bekommen hatte. Während der Sommermonate war es kein Problem, Tasso hier zu haben. Schafe und Ziegen waren ja auf der Alp. Aber ab Mitte Oktober wäre es schwierig. Tassos Jagdtrieb liess sich nicht zähmen. Und wegen ihm Streit mit meinen Nachbarn riskieren wollte ich auch nicht.

Da kamen Fritz und Margrit auf die wunderbare Idee, Tasso mit ins Berner Oberland zu nehmen. Sie hatten nur in ihren Kinderjahren Erfahrungen mit Tieren gesammelt, später noch mit einem Wellensittich, den sie für ihr Suseli gekauft hatten. Ich war einerseits glücklich über diese Lösung, andererseits besorgt, wie sich die beiden alten Leute an ihren ersten Hund – und erst noch einen nicht ganz problemlosen Hund – gewöhnen würden. Meine Besorgnisse waren unnötig. Wie oft telefonierten wir miteinander, und ich hörte immer nur, wie sehr der Hund ihr Leben bereichern würde. Fritz machte täglich lange Spaziergänge mit ihm, versuchte auch, seine vernachlässigte Erziehung zu verbessern. Hund und Mensch waren glücklich.

Was ich daraus folgere: Hunde sind ideale Begleiter für alternde Menschen – wenn man das richtige Tier wählt. Ich würde niemandem – vor allem niemandem, der nicht schon an Hunde gewöhnt ist – einen lebhaften jungen Hund empfehlen. Sonst kann man überfordert sein mit dessen Erziehung. Was ich in einer solchen Lage tun würde? In ein Tierheim gehen, nach einem schon etwas betagten Hund fragen, diesen einige Male ausführen, sozusagen ausprobieren, ob wir zusammenpassen. Was ich vorher abklären müsste: Bin ich bereit, meinen Hund optimal zu halten, das heisst, für sein Futter, sein Wohlergehen (täglich zwei bis drei Spaziergänge) zu sorgen? Ist jemand da, der sich um meinen Hund kümmert, wenn ich verreisen muss und ihn nicht mitnehmen kann? Letzteres ist noch viel wichtiger, wenn man sich für die Haltung einer Katze entscheidet. Katzen sind zwar einerseits pflegeleichter als Hunde. Aber: Hier muss man abklären, ob die Katze die Möglichkeit eines Auslaufs, eines möglichst ungefährlichen Auslaufs hat. Die Nähe einer Strasse erlaubt einem verantwortungsvollen Menschen die Haltung einer Katze nicht. Ebenso, wenn die Katze nicht von aussen direkten Zugang zu ihren Menschen hat. Es gibt auch Katzenrassen, die zu reinen Stubentigern geworden sind, denen man den Freiheitsdrang sozusagen weggezüchtet hat.

Wenn es möglich ist, eine Katze zu halten, bleiben auch hier die Fragen der Kosten, das Problem der Reinlichkeit, die Tatsache, dass Katzen älter werden können als Hunde (siehe mein Herr Meier, der über zwanzig Jahre alt ist). Mein

Rat auch hier: eine Katze aus dem Tierheim holen, schauen, wie «man» sich gegenseitig mag – und sich erst dann definitiv entscheiden. Wobei man der Katze ein, zwei Wochen Zeit lassen muss, um sich umzugewöhnen.

Tagebuch, August: Hoffen auf Tobias

So, jetzt bin ich wieder daheim. Das wunderbare Gefühl, wieder ohne die geringsten Schmerzen in den Knien zum Haus hochgehen zu können, kann ich mit Worten gar nicht beschreiben. Da ist die ganz grosse Dankbarkeit für das gütige Geschick (und das Geschick der Ärzte), das mich das erleben lässt. Eigentlich müsste ich – ich gestehe es irgendwie schamhaft – sagen: Dankbarkeit gegenüber dem lieben Gott. Aber – ich werde das später noch unter dem Kapitel «Gebet» beschreiben – ich bin es nicht gewohnt, den lieben Gott gesprächs- oder hier schreibenderweise zu erwähnen.

Beate hat mich in Schuls mit dem Auto abgeholt. Das gab mir Gelegenheit, ihr das Engadin von Samnaun bis zum Albulapass in den schönsten Farben vorzuführen. Und gleichzeitig, ihr zu erzählen, was ich hier schon alles erlebt habe. Auf meinen Bergtouren, zum Teil mit meinem Vater, meiner Stiefmutter und meinem Bruder. Da sind dann abenteuerliche und komische Begebenheiten in meinem Kopf aufgetaucht, an die ich jahrzehntelang nicht mehr gedacht habe. Der armen Beate wird schliesslich der Kopf geraucht haben wegen der vielen optischen Eindrücke einerseits, wegen meiner vielen Worte andererseits.

Zu Hause erwartete mich – neben meiner «Familie» – auch noch Beates Sohn Tobias. Auch er ein Scheidungskind mit einer teilweise traurigen Vergangenheit. Er ist dreiundzwanzig Jahre alt und kommt mir vor wie ein herrenloser Hund, der ein Zuhause sucht. Nun prüft er, ob das Leben bei uns für ihn vorstellbar ist. Was er jetzt schon – nach einer Woche Aufenthalt – bemerkt hat: Die Kollegen fehlen ihm, die Möglichkeit, am Samstag eine Disco zu besuchen (er kann noch nicht Auto fahren). Hier Kollegen zu finden, ist sprachbedingt schwierig. Es wird ein Spagat für ihn werden: einerseits hier in einer Familie aufgenommen zu werden (seine Mutter, sein Grossvater, seine Halbschwester Hanneli sind ja schon hier). Susi und mich muss er anderseits auch «erdulden». Ich wäre froh, wenn er zu einer positiven Entscheidung kommen könnte. Er hat zwar seine Lehre geschmissen. Seine Arbeitskraft könnte aber hier so gut gebraucht werden. Im Laden, im Garten, im Haus, als vielseitigem Handwerker würde ihm die Arbeit nicht ausgehen. Und wegen der Sprache und der Möglichkeit, Autofahren zu lernen: Das liesse sich lösen.

Vielleicht ist es falsch, mir hier eine Zukunft in zehn, zwanzig Jahren vorzustellen. Ich werde dann vermutlich von einer Wolke herunterschauen. Aber zu wissen, dass junges Blut mein Haus bevölkert, Dieter, später Susi und Beate ablösen wird, das wäre schön. Vielleicht bin ich zu anspruchsvoll, wenn ich nach so vielen schönen Jahren mir auch noch das wünsche. Andererseits denke ich an die vielen Schweisstropfen und Schwielen, die mich mein Garten, mein Haus gekostet haben – dann scheint mir dieser Gedanke doch nicht zu unbescheiden.

Wie wird sich Tobias entscheiden? Ich wage keine Prognose – aber hoffen darf ich doch!

Gebet: Eine persönliche Kraftquelle

Schon wieder ein Kapitel, in dem das Früher eine ganz grosse Wichtigkeit hat.

In meinem Elternhaus herrschte ein toleranter protestantischer Glaube. Auch wenn in den Zeiten der Feriensaison das Arbeitsprogramm meiner Mutter mehr als ausgefüllt war, kam sie abends immer zu mir, um mit mir ein Nachtgebet zu sprechen, mich dann liebevoll zuzudecken und mir einen Kuss zu geben. «Bhüet di Gott – behüte dich Gott», sagte sie und schloss leise die Schlafzimmertür. Und ich träumte, wissend, dass der liebe Gott mich behütete, meine Kinderträume.

Wenn immer möglich ging mindestens Mama sonntags zur Predigt. Manchmal kam auch Papa mit. Ich durfte immer mitgehen. Das Wichtigste am Gottesdienst war für mich die Musik. Das war Engelsmusik. Da glaubte ich, von Flügeln getragen zu werden.

Meine Mama hielt mir oft die fürchterliche Geschichte vor, wie es war, als sie mich zum ersten Mal zu einem Gottesdienst mitnahm. Ins Aroser Bergkirchli. Dort steht eine wunderhübsche, bemalte Orgel. Der Organist spielte. Ich hörte andächtig zu. Der Pfarrer begann seine Predigt. Ich sass ganz am Rand der Bank beim Mittelgang, stand – von Mama unbemerkt – auf, ging bis zur Kanzel, schaute hoch zum Herrn Pfarrer. Er unterbrach seine Worte, schaute mich verwundert an. Ich sagte laut und vernehmlich zu ihm: «Bisch du jetz schtill, ich ha viel lieber Musig ...» Mama sprach dann die Hoffnung aus, dass ich sie nie, aber auch gar nie mehr so fürchterlich blamiere. Ich glaube, ich habe Wort gehalten.

Die religiöse Erziehung durch meinen Vater ging einen andern Weg: Er nahm mich ja oft mit bei seinen Gängen zu den zum Teil weit entfernten Kuhställen. Immer gab es etwas, auf das er mich aufmerksam machte: im Sommer auf unzählige Blumen und Pflanzen, einen Murmeltierbau, im

Winter auf Tierspuren im Schnee, bizarre Formen der Eiszapfen oder einfach eine schöne Stimmung über den Bergen, Wolkenbilder am Himmel. Er wies mich immer wieder auf die Wunder der Schöpfung hin. Wunder, die der liebe Gott für uns Menschen geschaffen hat. Er hat uns auch Augen gegeben, damit wir diese Wunder auch sehen – und manchmal auch hören oder riechen können.

Als mein Brüderchen zur Welt kam und ich es im Spital zum ersten Mal in die Arme nehmen durfte, sagte Papa: «Schau, wie schön das doch ist. Jedes Kind, und sei es noch so klein, kommt schon so fixfertig zur Welt: mit fünf Fingerchen an jeder Hand, mit fünf winzigen Zehen an jedem Fuss, mit einem Paar Augen, einer Nase, einem Mund. Wir können die Grösse und Weisheit der Schöpfung nie erfassen. Wer hat es gefügt, dass wir sehen, dass unsere Augen ihre Wahrnehmungen ans Gehirn weitergeben, dass dieses den Armen, den Beinen Befehle gibt? Wer, wenn nicht der liebe Gott? Schau mal, wie schön er das eingerichtet hat. Und nicht nur für dich, für alle, die Augen dafür haben. Und denke, wie arm die sind, denen niemand die Augen dafür geöffnet hat.» Diese Worte sind eingeprägt, auch präsent gewesen in den Jugendjahren, die ich, zum Teil unter himmeltraurigen Umständen, nach der Scheidung meiner Eltern in der Stadt verbracht habe.

Ich gebe es zu, ich bin seit vielen Jahren nicht mehr zum Gottesdienst in einer Kirche gewesen. Ich fühle mich der Allmacht Gottes viel näher in der Natur. Sie ist für mich ein einziges, grosses Gotteshaus. Manchmal fände ich es nützlich, darüber diskutieren zu können. Aber da gibt es eine Hemmschwelle: Ich mag zur Schau gestellte Religiosität überhaupt nicht. Die macht mich aggressiv. Ich habe in meinem Bekanntenkreis Leute, die gehen jeden Sonntag zur Kirche, erzählen das natürlich allen, die es wissen sollen (sollen, nicht wollen), sie zeichnen ein Kreuz aufs Brot, bevor sie es anschneiden, werfen aber Brotreste in den Abfalleimer. Bei mir gehört der Respekt, die Ehrfurcht vor Nahrungsmitteln zum Glauben. Nahrungsmittel sind ja nur da, weil sie durch Gottes Güte in seiner Erde gewachsen sind. Und dann vergleiche ich wieder mit vielen (natürlich nicht mit allen, sondern den so genannten) Frommen: Sie bekreuzigen sich bei jeder Gelegenheit, fallen auf die Knie und tun dann fromm, wenn alle es sehen. Und im restlichen Leben sind sie neidisch, hinterhältig, geizig, undankbar, überheblich und was weiss ich noch was. Was – so frage ich mich – haben sie für einen Bezug zu Gott, zu ihrem Glauben? Lesen sie denn nie in der Bibel? Da steht doch zum Beispiel: «Habt Acht auf eure Frömmigkeit, dass ihr die nicht übt vor den Leuten, um von ihnen gesehen zu werden; ihr habt sonst keinen Lohn bei eurem Vater im Himmel.»

Wenn ich bete, dann ist das mein Dialog mit Gott. Mit ihm allein. Sonst braucht das niemand zu wissen. Dann spüre ich die grosse Dankbarkeit für seine Güte, dass ich so leben darf, wie ich hier lebe, für die Tiere, mit denen ich hier leben darf, und die Menschen, denen dieses Leben gefällt, für die Gesundheit, die er mir schenkt, und die Kraft. Für die Freunde, die er mir schenkt. Ich schliesse in mein Gebet diejenigen ein, von denen ich denke, dass sie seine Hilfe ganz besonders brauchen. Zum Beispiel, weil sie krank sind, weil sie die Trauer über den Verlust eines lieben Menschen verkraften müssen. Und wie oft habe ich es schon erlebt, dass Gott ihnen hilft, geholfen hat. Vielleicht durch meine Fürbitte.

Auch ich habe solche Hilfe schon gebraucht. Damals, als mein Bruder Christian an Krebs litt, ein Leiden, das er tapfer über etliche Jahre hinweg ertragen hat, bis er schliesslich seinen Lebenswillen aufgab und starb. Da habe ich meinen Trost gefunden. Durch einen Satz im Unservater, dessen tiefer Sinn mir damals plötzlich klar wurde: «Dein Wille geschehe ...»

Kurz darauf war eine liebe Freundin in der gleichen Lage wie ich. Sie verzweifelte, weil ihre jüngere Schwester an Leukämie verstorben war, weil sie ihre Eltern und ihren Schwager trösten sollte, die ebenso zu zerbrechen drohten an der schrecklichen Frage nach dem Warum.

«Warum gerade sie, die noch so viele Jahre vor sich gehabt hätte?»

Da erzählte ich ihr von meinem Trost, eben vom «Dein Wille geschehe ...». Das hat ihr und ihren Angehörigen Kraft geben können, so, wie es mich getröstet hat. Da hilft also Glaube. Ich erzählte ihr auch, dass ich jeden Morgen, wenn ich vor die Haustür trete und in die Schönheit meiner Landschaft schaue, zu einem bestimmten Berggipfel blicke und denke, da oben ist jetzt mein Bruder – frei von allen Schmerzen. Und vielleicht schaut er auf mich herab. Tschau, chliises Brüederli ...

Manchmal lese ich auch in der Bibel. So viel Lebenshilfe ich darin finde, eines stört mich an ihr: Für meinen Begriff ist der Bezug der Menschen zu den Tieren irgendwie unterschlagen, vergessen worden. Im Neuen Testament sind Ochs und Esel im Stall von Bethlehem erwähnt, dass ein Esel Maria trug, als sie nach Ägypten floh, ein Esel den Heiland trug, als er in Jerusalem einzog. Und dann sind da noch «die Vögel unter dem Himmel, sie säen nicht, sie ernten nicht, sie sammeln nicht in den Scheunen; und euer himmlischer Vater ernährt sie doch: Seid ihr denn nicht viel mehr als sie?» Die Tiere dienen immer nur als Vergleich. Ebenso in den Sprüchen Salomons: «Errette dich wie ein Reh aus der Schlinge und wie ein Vogel aus der Hand des Fängers. Geh hin zur Ameise, du Fauler, sieh an ihr Tun und lerne von ihr.»

«Wo keine Rinder sind, da ist die Krippe leer, aber die Kraft des Ochsen bringt reichen Ertrag.»

«Das Drohen des Königs ist wie das Brüllen eines Löwen; wer ihn erzürnt, der sündigt wider das Leben.»

Immer nur Vergleiche. Aber nirgends, nirgends finde ich die Weisung, dass man auch Tiere gut behandeln soll. Denn eigentlich sind sie doch genauso Geschöpfe Gottes wie wir, die Schmerzen empfinden, sich freuen können. Dass wir über sie herrschen dürfen, heisst doch nicht, dass wir ihnen ungestraft unnötigen Schmerz zufügen dürfen. Ich denke, wenn in der Bibel entsprechende Weisungen zu finden wären, wäre das vielleicht anders. Besonders überlege ich mir das, wenn ich gerade in streng religiösen Gegenden sehe, wie Tiere dort zum Teil behandelt werden. Eben da, wo Frömmigkeit so demonstrativ nach aussen hin gelebt wird. Und unsere stummen Brüder werden behandelt wie ...? Irgendwie stimmt da für mich etwas nicht. Einzige Möglichkeit, dass diese Tatsache mich nicht zu sehr bedrückt – obwohl das eigentlich Feigheit ist: Ich gehe nicht mehr in solche Länder. Nie mehr!

Und dann bin ich wieder froh und zufrieden mit meiner Kirche, die die Natur ist, die mich umgibt, mit den Tieren, die mir ihre Zuneigung zeigen, den Menschen, die meine Freunde sind, und schliesslich mit dem Wissen, dass es Gottes Wille ist, was auch immer mit mir geschieht. Die Schlussfolgerung: Ich bin gläubig, aber nicht religiös oder gar fromm. Ich fühle mich auf diese Weise geborgen und beschützt. Ist es verwegen, wenn ich es ganz modern ausdrücke: Ich bin «online» mit meinem lieben Gott? Allerdings – bis ich zu dieser Erkenntnis gekommen bin, musste ich so alt werden, wie ich es heute bin. Und – um mir selbst gegenüber kritisch zu sein: Darf ich denn überhaupt noch sagen, dass mein Glaube ein christlicher sei?

Ich versuche, zwei Grundprinzipien (wenn ich das so nennen darf) der Bibel nachzuleben: den Zehn Geboten des Alten Testaments und dem Unservater des Neuen Testaments.

Wenn diese Grundregeln sozusagen das Gerüst des täglichen Miteinanders sind – überall wären –, wäre vieles in der Welt wahrscheinlich besser. Zugegeben, auch ich habe nicht immer nach allen Geboten gelebt – und bin dafür bestraft worden. Und wie klug sind doch die Worte «Gib uns unser täglich Brot» und «Vergib uns unsere Schuld, wie auch wir vergeben unsern Schuldnern». Ich bete ganz still allein für mich und verrate dies hier überhaupt zum ersten Mal. Wahrscheinlich ist dieses Geständnis nur möglich, weil ich es schreibe und nicht darüber sprechen muss. Ich fühle mich schlecht, wenn ich aus irgendeinem Grund mein nächtliches Gebet, mein Gespräch mit dem lieben Gott, ausgelassen habe.

«Wie auch wir vergeben unsern Schuldnern.» Das ist manchmal schwierig. Aber wenn ich den lieben Gott bitte, dass er mir meine Schuld vergibt, ist es doch nicht mehr als recht, wenn ich dasselbe – eben – meinen Schuldnern gegenüber zu tun versuche. Der wichtigste Satz aber ist und bleibt für mich: «Dein Wille geschehe.» Davon habe ich schon vorhin gesprochen. Ich halte mich an diesen Satz immer dann, wenn es unerträglich schwer wird. Und damit komme ich zum letzten Kapitel.

Abschied: Angst vor dem Tod?

«Partir, c'est mourir un peu – verreisen ist ein bisschen sterben.»

Das denke ich jedes Mal, wenn ich von zu Hause fort muss. Schon immer war es so, dass ich dann jede Katze, jeden Hund nochmals streichle – jetzt erst recht, wo ich von alten Tieren umgeben bin. «Gell, du bist noch da, wenn ich wieder heimkomme.» Aber: Komme *ich* denn überhaupt wieder heim? Was hat wohl das Schicksal mit mir vor? Ich kann unterwegs krank werden, ich kann irgendwo stürzen, ich kann ... Und dann gehe ich hinunter zum Fluss, sauge den Anblick der Landschaft – meiner Landschaft – förmlich in mich hinein. Werde ich das wieder sehen?

Wenn schon ein kleiner Abschied, derjenige, wenn ich verreise, «ein bisschen wie sterben» ist, wie stehe ich dann zum «grossen Abschied», zum Tod? Ich glaube mich nicht zu irren, dass die Furcht vor dem Alter meist mit der Furcht vor dem Tod zusammenhängt oder umgekehrt. Wir verdrängen die Tatsache, dass alle Menschen (nein, alle Lebewesen) irgendwann sterben müssen. Viele (wenn nicht Kriegszeiten sind wohl die meisten) erst, wenn sie eben alt sind. Zugegeben, es braucht viel Willensstärke, die Tatsache dieses «Hinübergehen-Müssens in eine andere Welt» zu akzeptieren als etwas Natürliches. Und dabei *ist* es doch etwas Natürliches. So wie die Geburt.

Auch zugegeben: Tod wird automatisch mit Leiden verknüpft. Das geht wohl den meisten – auch willensstarken Menschen – so. Auch mir. Das heisst, das ging mir so. Bis mir klar wurde, dass ich die beiden Begriffe auch gesondert betrachten kann.

Ja, ich fürchte mich davor, vielleicht so schrecklich leiden zu müssen, wie ich es bei meinem Bruder erlebt habe. Auch wenn die heutige Medizin schmerzlindernde Medikamente zuhauf zur Verfügung hat. Was ich nie und nimmer möchte, ist, an Schläuche und Apparate angehängt zu werden, die den Schlag meines Herzens fördern, obwohl mein Geist schon längst «verreist» ist. Dazu gibt es ja heute auch die Möglichkeit der Patientenverfügung. Zum Beispiel kann man sich im Internet darüber orientieren. Allerdings sind dort die Angaben so vielfältig, dass man sich durch einen ganzen Wust von Kommentaren, Erklärungen et cetera durcharbeiten muss. Nach meiner Ansicht ist die Auskunft der Verbindung der Schweizer Ärztinnen und Ärzte am klarsten. Man muss ein Formular ausfüllen, das bei dieser Organisation angefordert werden kann (Adresse: Elfenstrasse 18, CH-3000 Bern). Ich zitiere aus diesem Formular:

«Wenn ich in einen Lebenszustand gerate, in welchem ich meine Urteils- und Entscheidungsfähigkeit unwiderruflich verloren habe, so will ich, dass man auf Massnahmen verzichtet, die nur noch eine Sterbens- und Leidensverlängerung bedeuten würden. Mein Leben soll sich in Würde und Stille vollenden. Für jeweilige auftretende Probleme, die Entscheidungen über das weitere Vorgehen bedürfen, verlange ich, dass die verantwortlichen Ärzte mit folgenden Personen und/oder folgendem Arzt meines Vertrauens Rücksprache nehmen. (Es folgt die Möglichkeit zur Angabe verschiedener Personen mit Adresse und deren Unterschrift.) Mit ihrer obenstehenden Unterschrift bestätigen diese Personen, dass sie von meiner Patientenverfügung Kenntnis genommen haben und dass ich diesen letzten Willen in absoluter geistiger Frische und Unabhängigkeit unterschrieben habe.» Folgt meine Unterschrift mit Ort und Datum.

Wenn ich denn eine lange Leidenszeit aushalten müsste, während der meine Sinne aber noch wach sind, würde ich diese ansehen als einen Preis, den ich dem lieben Gott zu bezahlen habe für mein langes, schönes, gesundes, erfülltes Leben. Ich würde mir aber wünschen, Abschied nehmen zu dürfen. Allein mit jedem Einzelnen, der mich dann begleitet. Eigentlich nicht für mich, mehr noch für diejenigen, die zurückbleiben. Ich weiss aus ureigenster Erfahrung, wie schwer es für den Zurückbleibenden sein kann, wenn er nicht die Möglichkeit gehabt hat, allein, ganz allein mit dem Sterbenden zu sprechen, ihm zu versprechen, dass er alles für die Zurückgebliebenen tun will. Diese schwierige Erfahrung habe ich gemacht, weil Zurückbleibende es mir nicht erlaubt haben, auch nur drei Sätze allein mit dem Sterbenden zu wechseln.

Es ist für mich und bestimmt auch für viele andere unerhört schwierig, an einem Sterbebett zu sitzen und nicht einfach nur loszuweinen. Ich denke jetzt an meine sterbende Mutter. Sie war erst neunundvierzig Jahre alt, als der Arzt ihr und mir sagte, dass sie nur noch ein paar Tage zu leben hätte. Sie war es, die mich tröstete. Dabei muss es ihr doch entsetzlich schwer gefallen sein zu wissen, dass sie mich mit meinen einundzwanzig Jahren und meinem fünfzehnjährigen Bruder allein zurücklassen musste. Einen Trost hatte sie wohl für sich – und damit tröstete sie auch mich: Sie hatte uns beide so erzogen, dass sie wusste, wir würden den Lebenskampf auch ohne sie bewältigen können. Wir waren zur Selbstständigkeit erzogen worden, zur Disziplin, mit all den vielfältigen Kenntnissen, die es braucht, mit dem Wissen, was recht und was unrecht ist ist.

Diesen Trost versuche ich mir nun aufzusparen bis zu dem Moment, in dem ich an der Stelle meiner Mutter liege. Nein, Kinder habe ich ja nicht. Aber die vielen Menschen um mich herum, die mein Werk weiterführen wollen. Dazu braucht es ein vielfältiges Wissen. Jenes, das sie dann vor Schaden bewahren kann. Jenem Schaden, aus dem sie sonst mit viel Mühe und vielen Schwierigkeiten klug werden müssten. Ich weiss, dass ich ruhiger sterben kann, wenn ich sie mit diesem Wissen versehe. Und vielleicht verzeihen sie mir, falls sie diese Zeilen irgendwann lesen, wenn ich ihnen hie und da mit meinem Versuch, dieses Wissen zu vermitteln, auf die Nerven gegangen bin.

Wenn der Tod dann kommt – soll ich mich davor fürchten? Vor etlichen Jahren hatte ich ein ganz eigenartiges Erlebnis. Jetzt folgt wieder eine Art Krankengeschichte – oder zumindest ein Teil davon: Ich stürzte in meinem Hof auf den Rücken, weil ich eine alte Frau, die vor mir gehend stolperte, vor einem Sturz bewahren wollte. Wir fielen beide rücklings hin. Ich auf den Treppenabsatz aus Granitstein, sie auf mich. Dadurch habe ich ihren Sturz gemildert, mir aber einen Rückenwirbel gebrochen. Das tat unbeschreiblich weh. Und plötzlich bestand ich nicht nur aus dem Menschen, der halb betäubt vor Schmerz am Boden lag. Da war ein zweites Ich, das aufrecht vor mir stand, auf das liegende Ich hinunterschaute und mir seelenruhig erklärte, jetzt sei es passiert, ich müsse nun wahrscheinlich sterben. Und das am Boden liegende Ich akzeptierte das klaglos, irgendwie ohne jede Auflehnung oder Angst – eher zufrieden. Dann würden diese Schmerzen wohl bald aufhören.

Es ist ja noch nie jemand zurückgekommen, um zu sagen, wie es da drüben im Jenseits ist. Es gibt wohl keine sachliche oder gar wissenschaftlich fundierte Literatur, die das beschreiben, erklären könnte. Von esoterischen Deutungen halte ich nichts. Dazu bin und lebe ich zu erdverbunden. Vielleicht ist mein Glaube auch ein viel zu kindlicher, vertrauensseliger. Aber wen kann das stören? Mein Glaube und meine Einstellung zum Sterben, zum Tod sind meine ureigenste Angelegenheit. Sie basieren aber auch auf meinem ganz tiefen Vertrauen zu Gott. Wie heisst es so schön im 23. Psalm: «Mir wird nichts mangeln.» Darauf werde ich – hoffentlich – auch in meiner letzten Stunde vertrauen können. Ich bete darum, sie so erleben zu dürfen, dass ich allen Freunden das schönste Grusswort auf den Weg mitgeben kann: «Bhüet euch Gott!»

Nachwort: Danke fürs Glücksgefühl

Es ist nicht das erste Mal, dass ich diese Gefühle habe: Mein Manuskript nähert sich dem Ende. Mein Plansoll (das heisst die von meinen Verlegerinnen gewünschte Zeilenzahl) ist erfüllt. Und jetzt soll ich davon Abschied nehmen. Einen Schlussstrich ziehen. Eine Arbeit ist beendet. War das überhaupt Arbeit?

Es war eher wie ein Gespräch, kein Monolog, sondern ein Dialog mit unsichtbaren Zuhörern. Mit wem? Mit meinem Computer etwa? Nein, mit meinen Leserinnen und Lesern. Allerdings steht deren Antwort noch aus. Waren es also

Fragen, die ich da aufgeworfen habe? Ich hoffe es. Denn wenn man gemeinsam ein Thema, ein Problem erörtert, findet man oft Lösungen, nach denen man – allein im stillen Kämmerchen – vergebens gesucht hat.

Ich wiederhole mich hier zwar, aber es ist so wichtig, auf dieses so grosse Problem unserer heutigen Gesellschaft immer wieder hinzuweisen: Wir verlernen mehr und mehr, miteinander zu sprechen. Jeder kaut auf seinen Sorgen herum, sucht Ablenkung beim Fernsehen, wobei er schliesslich vor dem Apparat sitzend einschläft. Ein unerfüllter Tag geht zu Ende.

Solange man seine Sorgen bei der täglichen Arbeit wenigstens zeitweise vergessen kann, ist es möglicherweise leichter, sein Leben zu bewältigen. Was aber, wenn man in einem Alter ist, in dem man nicht mehr arbeiten muss oder darf? Wenn einem die Gesundheit das verbietet oder einfach die Tatsache, dass die Arbeitskraft älterer Menschen nicht mehr gebraucht wird?

Eine meiner Erkenntnisse, die ich erst im Alter gewonnen habe und die ich nicht hoch genug einschätzen kann, ist die Wichtigkeit des Gesprächs. Natürlich meine ich mit Gespräch nicht Klatsch, sondern das Ausbreiten meiner Probleme vor einem geduldigen Zuhörer. Zugegeben, manchmal muss ich mir bei diesem Zuhörer auch einfach Luft machen, das heisst wettern und schimpfen über irgendeine vermeintliche Ungerechtigkeit, die mein Blut ins Wallen gebracht hat. Der Zuhörer hat dann natürlich das Recht, bei mir die gleichen Dienste einzufordern. Aber er wird mir auch seine Ansicht zu meinem Problem mitteilen. Und vielleicht – sehr oft – findet sich so eine geeignete Lösung.

Ich hoffe, dass ich mit der Schilderung meiner Probleme Denkanstösse geben konnte. Denkanstösse, die vielleicht mithelfen, das Älterwerden zu akzeptieren. Ich wäre die Erste, die darüber jammern würde, würde das etwas nützen.

Einen grossen Vorteil hat dieser Lebensabschnitt nämlich: Ich bin durch die vielen Erfahrungen, die ich im Laufe der Jahre gemacht habe, wie eine Bergsteigerin, die immer mehr der unter ihr liegenden Landschaft sieht. Mir werden Zusammenhänge klar, die ich früher verkannte. Sei es die Reaktion anderer Menschen auf meine Verhaltensweise, sei es der umgekehrte Fall.

Und um nochmals einen Vergleich anzubringen: Mein Leben war wie ein Kreuzworträtsel. Manche senkrechten Wörter, die mir nicht einfallen wollten, werden plötzlich klar durch ein ganz anderes, waagrechtes Wort. Dafür, dass das so ist, bin ich dankbar.

«Du hast gut reden, du bist gesund und kannst noch aktiv sein.» Ich höre diesen Einwand förmlich, würde ihn ebenso machen, läge ich im Bett oder sässe ich im Rollstuhl. Weiss ich denn, was noch auf mich wartet? Was nützt es mir, wenn ich die Zeit, die mir noch verbleibt, mit solchen Gedanken ausfülle? Nein, ich nehme mir fest vor, nie über das beinahe leere Glas zu jammern. Ich will mich lieber über die paar Tropfen, die noch drin sind, freuen! In diesem Sinne sende ich allen meine herzlichsten Tessiner Grüsse!

FERIEN IM TESSIN

nicht teuer – wenn man weiss wo und wie!

Wer ein Ferienziel in der Nähe sucht – besonders in den heutigen unsicheren Zeiten – und sich nicht in den Trubel des Massentourismus stürzen will, ist bei uns im Verzascatal am richtigen Platz! Eine Reise ins Tessin mit dem eigenen Auto lässt sich von der Schweiz aus und auch aus Süddeutschland bequem in einem Tag bewerkstelligen.

Was wir im Verzascatal bieten können: eine unverbaute, faszinierende Berglandschaft, aber doch mit guter Zufahrtsstrasse, einen sehr sauberen Fluss mit teilweise flachen Uferstrecken, an denen Kinder spielen können, viele Kilometer Wanderwege, abgasfreie Luft.

Wir vermieten hier in Gerra Verzasca (das in Kathrins Büchern «Froda» heisst) zwei 1½-Zimmer-Ferienwohnungen, die über unserm Laden gelegen sind. Sie bieten auf einer Balustrade zwei Betten, im Wohnraum einen Diwan, der sich in ein Doppelbett umbauen lässt, einen Schwedenofen, der auch als Kamin verwendet werden kann, eine Kochnische mit der nötigen Ausstattung, eine Dusche, einen steinernen Esstisch im Freien und natürlich eine Liegewiese. Parkplatz beim Haus. Natürlich erhalten Sie von uns einen genauen Anfahrtsplan. Wir können Ihnen auch verraten, wo Sie was zu günstigen Preisen einkaufen können.

Die Preise sind gestaffelt und betragen	pro Tag:
Hochsaison: Sommerferienzeit von Ende Juni bis Ende August Herbstferienzeit von Anfang bis Mitte Oktober	Fr. 120.– € 80.–
Zwischensaison: die übrigen Termine zwischen Anfang März und Ende Oktober	Fr. 90.– € 60.–
Wintersaison: von Anfang November bis Ende Februar	Fr. 45.– € 30.–

Inbegriffen sind Bettwäsche und Kurtaxe. Schlussreinigung (Fr. 50.–) sowie Strom und Heizmaterial sind extra zu bezahlen. Die Mindestmietdauer ist 3 Tage.

Last-Minute-Rabatt von 20% auf den obigen Preisen können wir Ihnen gewähren, falls Sie sich kurzfristig zu Ferien entscheiden und diese innerhalb von 2 Wochen antreten möchten, selbstverständlich nur dann, wenn zufälligerweise eine Wohnung frei ist. Rufen Sie uns einfach an: Telefon 0041 (0) 91 746 12 84, Susi verlangen.

Für unsere Mieter haben wir noch ein Extra-Zückerchen: Pro Woche Urlaub offerieren wir Ihnen ein Mittagessen in unserm Haus. Menü nach Ihrem Wunsch. Kinder dürfen auch beim Betreuen der Tiere helfen und auf den Eseln reiten.

Zweite Extra-Spezial-Sonderleistung: Nach dreimaligem Mietaufenthalt von mindestens einer Woche gibt es eine Woche Gratis-Aufenthalt.

WIR FREUEN UNS AUF SIE!

Susi und Beate

A. de Corban, A. Leemann, P. Löpfe und A. Liu:
Clean von Nikotin
Aufhören: 3 Tagebücher. Wohlfühlen: 33 Tipps aus der Traditionellen Chinesischen Medizin

ISBN 3-907876-01-6 Fr. 29.80 / € 19.50

Ehemalige Rauchende berichten in spannender und lesevergnüglicher Tagebuchform, wie sie es geschafft haben, endgültig vom Nikotin loszukommen. Eine Professorin für Traditionelle Chinesische Medizin verrät, wo der Daumen gegen Nikotingelüste und zu viele Pfunde anzusetzen ist.

- Lesevergnügliche Form
- Motivierend und nachvollziehbar
- Konkret umsetzbare Tipps
- Instant-Hilfen für den Lust- und Notfall

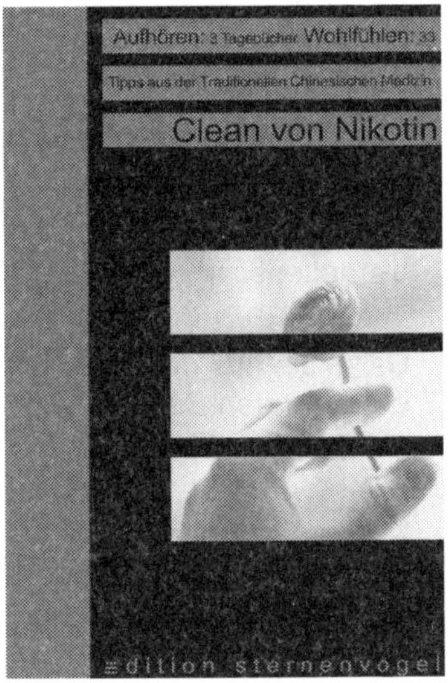

est edition sternenvogel